最強の夫婦騎士物語

Sachi Umino
海野幸

CHARADE BUNKO

Illustration

古藤嗣己

CONTENTS

本作品の内容はすべてフィクションです。
実在の人物、団体、事件などにはいっさい関係ありません。

埃(ほこり)にまみれたマントの裾が翻り、夕暮れの冷たい風が足元をさらう。

ダリオは目深にマントをかぶり直し、まばらに木々の茂る荒れ地を進む。目の端で捉(とら)えた空はすっかり茜色(あかねいろ)に染まっているが、日暮れまでに城に着けるだろうか。

ぼろ布に覆われた大きな荷物を背中に負って、目指すは王都アンテベルトだ。春先の空気は冷え込んで、靴裏で感じる大地は固く冷たい。日暮れを目前にして息が白く曇り始め、背中の荷物の仄温(ほのあたた)かさが唯一の救いだった。

顔を上げると、遠くの村から上るかまどの煙が見えた。あの村を過ぎればもう王都だ。進むにつれ、荒涼とした大地には点々と黄色い花が見られるようになる。寄り添うように咲くその小さな花は、春になるとアンテベルト一帯に咲き乱れ、王都の背後にそびえる山の頂上まで黄色い絨毯(じゅうたん)を敷いたように黄で染め上げるのだ。

懐かしい花を見て、帰ってきたんだ、と感慨深くなった。

辺境の地から、ようやく王都へ帰ってきた。

王都から田舎(いなか)に飛ばされたのはもう二年も前のこと。片田舎で生涯を閉じることも覚悟していたが数週間前に城から使者がやってきて、さらに数日後、今度はかつての上官からこんな手紙が届いた。

『今すぐ王都へ戻ってくれ。迎えは待つな。荷物は最低限でいい』

いつだって流麗な文字を書く上官の筆跡はひどく乱れていて、ダリオは取る物もとりあえず田舎のあばら家を出たのだ。持ってきたのは背中の荷物と、もうひとつだけ。

マントの下で確かめるように腰の辺りに触れたとき、前方から複数の男性たちの声が聞こえてきて、ダリオはさっと道を外れた。

王都アンテベルトは経済的に潤っているが、その周辺の村はまだまだ貧しい暮らしをしている者が多い。賊の類(たぐい)も多く、面倒ごとに巻き込まれぬよう俯(うつむ)いて歩いていたのだが、前からやってきた男たちはダリオを見逃してくれなかった。

「待てよ、旅人さん。それとも商人か?」

呼びかけには応じず歩き続けていると、前方に数人の男が立ちふさがった。その手に握られているのは斧(おの)や鎌だ。

「背中の荷物を置いていきな。そうしたら何も言わずに通してやる」

ダリオはざっと周囲を見回す。男たちの数は八人。多勢に無勢は間違いない。

逃げるか、あるいは応戦するか。判断を下すのに瞬(まばた)き程度の時間もいらなかった。

日没迫る田舎道に強い風が吹きつける。乾いた砂が男たちの頬を叩(たた)き、全員が一瞬目を眇(すが)めた。その刹那、ダリオは身を低くして近くにいた男の傍らを駆け抜けた。

ぎゃっ、と短い悲鳴が上がり、男たちがいっせいに声のした方を振り返る。ダリオの側(そば)

にいた男が、鎌を取り落としてその場にうずくまった。腕を押さえた指の間から、見る間に鮮血が溢れて地面に落ちる。

一際強い風が吹いて、ダリオが頭からかぶっていたマントが風に翻る。その下から現れたのは浅黒く日に焼けた肌と、目元を覆うほどに伸びた黒髪だ。前髪の下から覗く黒い目は鷹のように鋭く、武器を持った賊を前にしてもまるで怯んだ様子がない。

そしてその手に握られていたのは、残照を鋭く跳ね返す長剣だった。

「な、なんだ、お前……っ、傭兵か！」

ダリオは無言で剣を握り直すと両手で構え、ごく短く答えた。

「元騎士だ」

言うが早いか近くにいた男の正面に踏み込み、相手の斧を剣で薙ぎ払う。斧が吹っ飛ばされる勢いに負け、男の体がその場で半転した。よろけて尻餅をついた男の顎を、ダリオは躊躇なく蹴り上げる。相手は強烈な一撃に意識を刈り取られて地面に倒れ込み、これでようやく六対一だ。

恐らく農民崩れの賊だろう。力量の差を見極めて大人しく引き下がってくれればと思ったが、男たちはならばとばかりいっせいにダリオへ襲いかかってくる。

次々と振り下ろされる斧や鎌をかわし、ときに剣で受け、ダリオは反撃の機会を待った。訓練も受けていない男たちの動きは大きい。振りかぶればその分隙を生む。しかしダリオは背中に荷を負っていて、これが案外ズシリと重い。鎧を着込んでいた頃はこの程度の重量など大した問題ではなかったのに、実戦を離れて久しいことを痛感する。

背後から棍棒を振り下ろされてとっさにかわした。背中の荷に何かあっては困る。何かを庇いながら応戦することは初めてで勝手がわからない。その上相手は兵士ですらなく、命までは奪わぬようにと手加減すれば、見る間に劣勢に追い込まれる。

(彼らの命を刈り取るのは簡単だが……)

本気で反撃に転じるか決めかねていたそのとき、遠くから馬の蹄の音が聞こえてきた。最初にそれに気づいたのはダリオだ。男たちはダリオを取り囲むのに必死でなかなか蹄の音に気づかない。ようやく彼らが背後を振り返ったのは、馬が巻き上げる砂埃がすぐそこまで迫ってきた頃だった。

「騎士団だ!」

誰かが叫ぶや、ダリオを取り囲んでいた男たちが蜘蛛の子を散らすように逃げ出した。

ひとり取り残されたダリオのもとに、一頭の白馬が駆けてくる。馬上にいるのは銀の鎧を着た人物で、ダリオの前まで来ると手綱を引き、兜のバイザーを押し上げた。

背後に広がる藍色の空を透かしたような、青い瞳がこちらを見る。

それだけで息が止まりそうになった。この二年、求めてやまなかった美しい瞳だ。

棒立ちになるダリオの前で、相手は躊躇なく兜を脱ぎ捨てた。

「ようやくのお帰りだ。待ち侘びたよ、ダリオ」

夕日に透けるブロンドの髪が風になびく。

そこにいたのは、辺境の地からダリオを王都へ呼び戻した張本人、かつてダリオが所属していた王宮騎士団の第六部隊隊長である、アルバートだった。

兜の下から現れたアルバートの頰は白く、優美な笑みを浮かべた唇は赤く、銀の鎧が冴え冴えとした美貌を引き立てる。夕日を跳ね返す鎧を着たアルバートの姿は神々しくすらあり、二年ぶりに見る雄姿に目を奪われていたダリオは我に返ってその場に膝をついた。

「元第六部隊所属ダリオ、ただいま戻りました！」

「うん、無事で何より。俺の手紙を読んですぐに発ってくれたんだな」

地面に顔を向けたまま、はい、と返事をする。言葉に嘘はない。手紙が届いたのは一週間前の夜だったが、一読するや夜明けを待たず家を出た。少しも迷わなかった。

「まずは城下へ行こう。ここだとろくに話もできない」

アルバートがゆっくりと馬を反転させ、ダリオも立ち上がってその横についた。

「さっき、遠目に君が賊と戦っているのが見えた」

ゆっくりと馬を歩かせながら、アルバートは二年前と同じ親しさで話しかけてくる。

「相変わらずの剣捌きだな」

「いえ、お恥ずかしいところをお見せしました」

「二年も実戦に出ていなかったとは思えない身のこなしだった」

「相手は兵士ではありませんでしたので……」

ふがいない姿を恥じて俯けば、馬上からアルバートの朗らかな笑い声が降ってきた。

「君、相手が兵士じゃないからって手加減してただろう。そういうところが器用だな。俺だったら相手が賊だろうと農民だろうとあっという間に首を撥ねてしまう」

ぎょっとするようなセリフだが、恐らく冗談ではないのだろう。いつだって戦の最前線で剣を振るってきたアルバートに容赦という言葉はない。それでいて、こうしてのんびりと馬に揺られる姿には貴族のような優雅さがあった。

しばらく歩くと、周囲を高い城壁で囲まれた王都が見えてきた。

堀の上に架けられた跳ね橋を渡れば、日干し煉瓦を高々と積み上げた城壁が目前に迫る。アーチ形の市門には落とし格子が下ろされ、その前に門番が二人立っていた。

長い槍を構えていた門番は、アルバートを見るとさっと武器を下ろした。傍らを通り過ぎるとき、門番たちの顔にちらりと畏怖の表情が走ったのをダリオは見逃さない。市門を潜って町に入っても同様だ。城へ向かう大通りを闊歩するアルバートに人々は恭しく一礼するが、伏せた顔には微かな緊張が漂っている。小さな子供に至っては怯えたようにその場から逃げ出してしまった。

まるで化け物でも見るようだが、実際アルバートは化け物並みに強い。戦場にアルバート率いる第六部隊の隊旗が翻ると、それだけで目に見えて敵方の士気が下がる。前線にアルバートが立つとなお顕著だ。次々と敵を斬り伏せながら敵軍の最深部まで突っ込んでいくその姿は、敵方から魔王などと呼ばれることすらあるらしい。

アルバートを脅威と見ているのは何も敵ばかりでなく、第一から第五の上位部隊も常にアルバートを監視している。万が一敵に寝返ったら、と思うと気が気でないのだろう。

「久々の王都はどうだ？　田舎から出てくると随分賑やかに感じるだろう」

馬上から声をかけられ、ダリオは素早く視線を上げた。感想を求めるように見下ろされ、ぐるりと辺りに視線を向ける。

ひとつの町を丸ごと城壁で囲い、その中心に城を構えた城郭都市アンテベルトは、舗装された道が整然と区画を作り、その両脇に小さな家々が密集して建っている。

町には大通りが三つあり、ひとつは城へと続く中央通り、西には教会通り、東には市場が開かれる青物通りがあった。ダリオたちが歩いている中央通りはすでに人気もまばらだが、東に顔を向ければざわざわとした気配が漂ってくる。

裏通りの酒場からは喧騒が漏れ、まだ仕事が終わっていないのだろう鍛冶屋から鎚の音が響いてくる。裏道に続く陰で蠢いているのは娼館の娼婦たちだ。夜が迫ってもなお町の中はざわめいて、そこここに人の気配を濃く感じた。

夜になればいっせいに火を落とす貧しい山村を思い出し、「人が多くて酔いそうです」

と真顔で応じれば声を立てて笑われた。

「嬉しいとか懐かしいとかはないのか？　二年も離れていたんだぞ」

そうですね、と頷いてみたものの二年という歳月に実感が伴わない。

この二年、王都に戻れるとは夢にも思わず、閉鎖的な山村に受け入れられるべく日々黙々と働いていたのだ。都を出てから幾日経ったか指折り数える余裕もなかった。

表情の乏しいダリオを見下ろし、アルバートは肩を竦める。

「第五部隊への恨み辛みを募らせているとばかり思ってたんだが」

ダリオは無言でアルバートを見上げる。ここは王都の内側で、どこで誰が聞き耳を立てているともわからない。上位部隊への誹謗と受け取られては困るだろうと口をつぐんだのだが、当のアルバートは周囲の耳目を気にする様子もない。

「あれが濡れ衣だったのはわかってる。だから君を王都に呼び戻したんだ」

「……何か証拠が出たんですか？」

「もちろん。第五部隊の隊長なら、『敵国の住民に危害を加えない』という軍律を破った廉で先日除名された。余罪もぼろぼろ出てきてね、君の件も改めて調査されたんだ」

小さく目を瞠ったダリオを見て、アルバートは苦笑を漏らす。

「そういえば、慌てていたから手紙には詳しいことを一切書いてなかったか。『とにかく来い』としか書かれていなかったのに、よくここまで歩き通しで来たものだな？」

「それは……隊長のご命令ですから」

律儀に返事はしたものの信じられない。自分にかけられた嫌疑は一生払えないだろうと思っていたのに。

ダリオが騎士団を除名されたきっかけは三年前、他国の騎士団がこのアンテベルトの地へ遠征にやってきたところまで遡る。ダリオたち騎士団はそれを返り討ちにしたばかりでなく追撃して、敵国に乗り込み城を陥落。領地を広げることに成功したが、その際第五部隊の隊長であるジーノが敵国の城下町で略奪を行った。

先程アルバートが言った通り、騎士団には『他国の住民に危害を加えない』という軍律がある。騎士としての矜持を保つべく掲げられたものだ。

とはいえ規則は往々にして破られる。問題が起きても揉み消してしまえる権限を持った隊長たちは特に軍律を軽んじる傾向があり、ジーノも制圧した他国の住民から恥ずかしげもなく略奪を行っていた。

偶然その場に居合わせたダリオは、とっさにジーノから敵国の住人を庇った。運悪くその場にはジーノとダリオの他に兵士がおらず、口封じのためジーノはダリオに斬りかかってきた。ダリオは手加減しながら応戦しようとしたが、腐っても相手は部隊長だ。下手をすればこちらがやられかねないと全力で剣を交え、ジーノに怪我を負わせてしまった。

剣を取り落としたところで第五部隊の隊員たちが駆けつけ、ジーノはダリオを指さし叫んだ。「そいつが住民から略奪をしていたんだ！　それを止めようとして斬りつけられた！」と。

国に戻るなりダリオは軍法会議にかけられ、申し開きをする余地も与えられず騎士団から除名されて王都を追放されたのだ。

当時のことを振り返っているうちに大通りを過ぎ、城を囲う城壁の前に到着した。

アルバートは馬を下りると、門前の馬丁に白馬を引き渡す。馬上にいたときよりぐっと互いの距離が近くなり、ダリオは無意識に息を詰めた。

馬を下りても、アルバートの方がいくらかダリオより背が高い。改めてアルバートに見詰められ、条件反射のように直立不動の体勢をとればゆったりと笑いかけられた。

「俺はずっと、君の無実を信じてたよ」

柔らかな笑みに目を奪われる。戦場ではあれほど苛烈に剣を振るうのに、ひとたび戦地を離れればアルバートの物腰はこんなにも穏やかだ。

優しい眼差し(まなざ)にとらわれて動けない。思えば初めてダリオに声をかけてくれたときも、アルバートはこんな笑みを浮かべていた。孤児だった自分に初対面であんな顔を向けてくれた人は、後にも先にもアルバートしかいない。

記憶が過去に巻き戻る。アルバートと出会ったのはもう十年近く前のことだ。当時ダリオは、貴族の食事の毒見役としてたびたび城に呼ばれていた。毒見用の食事ができるのを待って裏門の前をうろうろしていたら、銀の鎧をまとったアルバートに声をかけられた。

アルバートは当時十六歳。騎士団の証である立派な鎧姿を不躾に見詰めていたら、ふいに目が合って微笑みかけられた。毒見役の孤児など城の人間に一瞥されることすら滅多にないというのに、アルバートはダリオに近づき声までかけてくれた。

「騎士が珍しいかい？」

尋ねられ、その穏やかな声に驚いた。罵声を浴びせない大人など珍しい。おっかなびっくり頷けば、アルバートはさらりと「君も騎士にならないか？」と誘ってきたのだ。

あれが一体なんの気まぐれだったのか、未だにダリオはわからない。からかわれているのかと思ったが、アルバートはダリオの名前と年齢まで尋ねてくれた。

自分の年もよくわかっていなかったダリオに、「切りがいいから今日で十歳になったことにしておこう」とアルバートは言った。

毎日を生き延びることに必死で月日の流れなど考えている余裕もなかったダリオに年と誕生日を与えてくれたアルバートは、その瞬間ダリオの神様になった。自分の年を数えることを知ったあの日から、すでに九年の月日が流れている。

その後、アルバートは本当に傭兵隊の雑用係をダリオに斡旋してくれ、ダリオも必死で雑務をこなした。やがてダリオは城に常駐する傭兵となり、さらに剣の腕を磨いて騎士団への入隊を果たしたのだ。仲間たちが次々と脱落していく過酷な訓練に死に物狂いで食らいついていけたのは、アルバートの存在があったからに他ならない。

こうしてアルバートと肩を並べられるようになるまでの記憶が胸に迫り、ダリオは震える息を吐いて深く首を垂れた。

「隊長に身の潔白を信じていただけて、光栄です」

感極まって頭を上げられずにいると、軽やかに肩を叩かれた。

「君は相変わらず真面目(まじめ)だな。そこが美徳ではあるが、今度は上位部隊の策略にまんまと嵌(は)まらないでくれよ」

「……今度？」

なんのことかと首を傾(かし)げると、振り返ったアルバートに大げさに肩を竦められた。

「俺の部隊に復帰したら、もう二度と同じことは起こさないようにと言ってるんだ」

ダリオは大きく目を見開く。言われた意味が即座に呑(の)み込めず立ち尽くしていると、門に向かって歩いていたアルバートが足を止めてダリオのもとへ戻ってきた。

「これも手紙には書いてなかったな。君、どういう理由で王都に呼び戻されたと思ってたんだ？」

「……少なくとも、騎士団に戻れるなどとは一片も持っていませんでした」

ダリオは瞬きもせずアルバートを見返し、本当ですか、と震える声で尋ねる。

基本的にダリオは表情が乏しい。騎士団にいた頃は同じ部隊の面々から、表情筋が死んでいるだの鉄仮面だの散々に言われてきた。今もほとんど表情は変わっていないが、頬にうっすらと赤みが差している。ダリオにとってはこの上ない喜びの表現だ。長年のつき合いでそれを熟知しているアルバートは、苦笑と共に無造作にダリオの頭を抱き寄せた。

「今日をもって騎士団第六部隊への復帰を命じる。返答は？」

頬に胸当てが押しつけられる。外気で冷やされた鎧はひやりと冷たい。懐かしい感触に目の奥が熱くなって、ダリオは喉の奥からせり上がってきた空気の塊を呑み込んだ。

「……っ、命ある限り、王への忠誠と民への加護に尽くします……！」

よろしい、と満足そうに笑い、アルバートがダリオの後ろ頭を撫でる。

「王都に入っても喜びが薄いと思ったら、またすぐ帰る気でいたのか。手紙で伝えなかった俺も悪いが、呼び出しがかかった時点でわかりそうなものじゃないか？」

ダリオはぐっと唇を嚙みしめる。そうしないと無様に声が震えてしまいそうだ。

「自分は、王都に呼び戻されたのは、てっきり……」

そこまで言ったところで背中の荷物がごそりと動いた。

アルバートが驚いた顔で身を離す。その間も荷物はごそごそと動き続け、ダリオは背中の荷をぐるりと正面に回すと、すり切れた布をそっとめくり上げた。

興味深げにダリオの手元を覗き込んでいたアルバートが息を呑む。

布を掻き分けて顔を出したのは、ぎょろりとした緑の瞳の生き物だ。サイズは太った鶏ほどだが、鳥ではない。犬でも猫でもない。赤茶けた鱗に全身を覆われ、トカゲのように細長い尻尾を持つそれには、小さな翼があった。

「……ドラゴンか」

ダリオの腕の中にいたのは、紛うことなきドラゴンの子供だ。

眠たげな瞬きをするドラゴンを見て、アルバートは感嘆の溜息をつく。

「古い書物で絵姿を見たことはあったが、本物を見るのは初めてだな」

アルバートがドラゴンに手を伸ばそうとするのを見て、ダリオは慌てて身を引いた。

「小さな形ですがこれも立派なドラゴンです。不用意に触ると火を吐かれます」

ドラゴンが威嚇するように歯を鳴らし、アルバートもさっと手を退けた。それでもなお興味は尽きないのか、しげしげとドラゴンを眺めてダリオに尋ねる。

「一体どういう経緯でドラゴンなんて見つけたんだ？　わざわざ探したのか？」

「いえ、偶然です。山道を歩いていたら天気もいいのに山崩れが起きて、帰り道がわからなくなって闇雲に歩いていたら、鳥たちがひどく騒ぎ出したんです。声がする方に行ってみたら見覚えのある泉の畔に出て……でも、泉はすっかり干上がっていました」

泉の跡地には、大地を大きくえぐり取ったようなくぼみばかりが残されていた。その中心部に何かあることに気づいて近づいたところ、一抱えもある卵を発見したのだ。

ダリオが近づくと触れる間もなく卵にひびが入り、中からこのドラゴンが現れた。

「鳥が最初に見たものを親だと思うように、このドラゴンも俺を親だと思っているようです。こうして懐いて離れません。でも他の人間が近づくと威嚇して火を吐きます」

なるほど、と呟いて、アルバートはようやくドラゴンから視線を外した。

「北の地にドラゴンが降りたという噂はこちらにも届いていたんだ。ドラゴンは滅多に地上に降りてこないし、もしや卵を産んだのではと噂されていたが、まさか君が見つけたなんて……。最初に話を聞いたときは信じられなかった」

「自分は、アンテベルトからあんな田舎まで視察が来たことの方に驚きましたが」

「こっちだって半信半疑だったんだが、噂とはいえドラゴンが出たとなれば放っておけないと大臣たちが大騒ぎして、それでうちの部隊に視察の命が下ったんだ」

ダリオがドラゴンの卵を見つけたのは一ヶ月前のことだ。それから二週間ほどして、アンテベルトから使者がやってきた。それはかつてダリオが所属していた第六部隊のメンバーで、近くまで来たからとわざわざ顔を出してくれたのだった。

任務の合間に立ち寄ったような気楽さでダリオのもとを訪ねた元同僚は、その足元にいたドラゴンを見るなり真っ青になって家を飛び出していった。それからさらに一週間後、アルバートから件の手紙が届いたのである。

そんな経緯だったので、自分が王都に呼び戻された理由はドラゴンで、用が済めば田舎に帰るのだと思っていた。それなのに再び騎士団に戻れるなんて、想像もしていなかった展開だ。

「何はともあれ、まずは旅装を解こう。それから兵舎に行って第六部隊のメンバーに君が戻ってきたことを伝えないと」

騎士団の兵舎は城の敷地内にあり、若い団員はそこで寝泊まりしている者が多い。かくいうダリオも兵舎で生活していたひとりだ。

城門を潜り、城には入らずまっすぐ兵舎に向かおうとしていた二人だが、少しも行かぬうちに行く手に数人の男が立ちふさがった。小綺麗な服を着ているので貴族かと思ったが、チュニックに縫い取られた紋章を見て騎士団第一部隊の隊員だと悟る。

男たちはダリオとその腕の中のドラゴンを見ると、横柄に「来い」とだけ言った。

「第一部隊の副隊長殿が、我が部隊の隊員にどんなご用件でしょう?」

すでに城に向かって歩き出していた男のひとりに、アルバートは緩く微笑んで尋ねる。振り返った禿頭の男は第一部隊の副隊長だ。不機嫌そうに目を眇めると、吐き捨てるように言い放った。

「用があるのはその者とドラゴンだけだ。貴様は引っ込んでいろ」

高圧的な言い草だったが、アルバートは口元に笑みを浮かべたまま静かに頭を下げる。

騎士団には歴然とした序列がある。部隊は第一から第六に分かれ、数字が若いほど指令権が強い。第一部隊の部隊長はすなわち騎士団のトップに立つ人物で、副隊長とて逆らえる者は誰もいない。

　さらに言えば、第一部隊と第二部隊の騎士はほとんどが貴族で編成されている。この部隊の騎士たちは滅多に前線に出ることがなく、戦場に近づくことさえ稀だ。安全な場所から檄を飛ばすのがせいぜいで、ほとんど貴族の名誉職と言ってもいい。

　第三、第四と数を経るにつれて部内の貴族の数は少なくなり、ダリオに無実の罪をかぶせた第五部隊ともなると、没落して貴族の体面を保てなくなった元貴族がその大半を占める。彼らは第一や第二部隊とは違い、自ら剣も振るうし前線にも出る兵士たちだ。

　アルバート率いる第六部隊はというと、隊員たちはほぼ例外なく平民の出である。家督を継ぐことのできない末弟や、ダリオのような孤児も多い。

　前線では先駆けを務め、部隊が後退するときはしんがりを担う。危険を伴う部隊であるだけに、生き延びるのはことさら腕の立つ者だけだ。結果として第六部隊は実質的な精鋭部隊と目されている。

　騎士団の中で最も戦力になるのは間違いなく第六部隊だが、確固としたヒエラルキーは覆せない。ダリオが第一部隊の隊員たちに背を押されて城へ入っていくのをアルバートは止めないし、ダリオもまた大人しく男たちについていくことしかできなかった。

　第一部隊の副隊長は、赤い絨毯が敷かれた城内を勝手知ったる様子で歩いていく。しばらく歩いて通されたのは、副団長個人にあてがわれた執務室のようだった。

天井にシャンデリアがぶら下がる部屋は広く、調度品の多くに金箔があしらわれ、華美を通り越して悪趣味なくらいだ。この部屋の他にも、第一部隊の隊員たちは城内に控室など用意されているのだろう。日当たりの悪い城の北側に建てられた第六部隊の兵舎とは雲泥の差だ。

副隊長は執務机の前にどかりと腰を下ろしてダリオを睥睨する。その左右に並ぶのは、第一部隊の隊員だろう屈強な男二人だ。

「ドラゴンを見せろ」

横柄な口調だったが、ダリオは大人しくドラゴンの体にかかっていた布を取る。副隊長にも見えるように両腕でドラゴンを掲げ持つと、初めて相手の口元が緩んだ。

「おお、確かに……！　かつてこの地にもドラゴンが降り立ったと聞くが、それももう二百年も昔のこと。まさかこの目でドラゴンを見られるとは」

相好を崩し、副隊長は左右に控える男たちに言う。

「ドラゴンがいれば我が騎士団は無敵だ。ちゃちな大砲など目ではないぞ。一吐きの炎で敵陣は壊滅状態になるだろう。二百年前も、ドラゴンと共に我が国は領土を広げたのだ」

上機嫌に言い募り、副隊長は再びダリオの方を向く。

無表情に立ち尽くすダリオは埃まみれのマントを羽織り、粗末なシャツに継ぎの入ったズボンを穿いている。贅を尽くした部屋にはそぐわぬ薄汚れた姿にちらりと嫌悪の表情を見せたものの、副隊長はすぐにとってつけたような笑みを浮かべて執務机を指で叩いた。

「喜べ、貴様を我が第一部隊に迎え入れてやろう。せいぜい励めよ」

端からダリオの意見を聞くつもりなどないのか、決定事項のように言う。

ダリオはドラゴンを腕に抱え直すと、きっぱりとした口調で応じた。

「大変光栄なお話ですが。自分は第六部隊隊長、アルバート様の僕(しもべ)であります。その他の部隊に所属するつもりはありません」

まさか断られるとは思っていなかったのか、副隊長の顔に虚を衝(つ)かれたような表情が過(よぎ)った。一瞬で表情を険しくした副隊長は、前より強い力で執務机を叩く。

「私の命令が聞けないのか？」

「入団式の際、自分が忠誠を誓ったのは王とアルバート様だけであります」

「……馬鹿なことを」

唾棄するように呟(つぶや)いて、副隊長は両脇の男たちに目配せした。

「ならばドラゴンだけ置いていけ。貴様のような愚か者に用はない」

男たちが詰め寄ってくる。ダリオは抵抗せず、直立して成り行きを見守った。

男のひとりが無造作にドラゴンの首を摑(つか)む。次の瞬間、それまで大人しくしていたドラゴンが雄叫びを上げて炎を噴いた。

「うわっ！　ひっ、火が……！」

炎が男の服に燃え移る。それを見た副隊長が机を蹴り上げる勢いで立ち上がった。

「騎士団に逆らうか！　ならば斬り捨てろ！」

服を脱ぎ捨てた男と、もうひとりの男が腰の剣を抜く。腕の中でドラゴンが低く唸って、さすがに城ごと燃やされてはまずいとドラゴンを胸に抱き込んだそのとき、執務室の扉が外から勢いよく蹴り開けられた。

「いかがされましたか、副隊長殿！」

切迫した声と共に部屋に飛び込んできたのはアルバートだ。

タイミングのよさから察するに、ダリオたちの後をつけて部屋の外で様子を窺っていたのだろう。ダリオが剣を向けられる展開も当然読んでいたようで、口では「なんと」などと言いながらまったく表情が驚いていない。

アルバートはつかつかと部屋に入ってくると、ごく自然な動作でダリオを背後に庇って副隊長に深々と頭を下げた。

「この者が無作法をしたのであれば、代わって私から非礼をお詫びいたします。どうかここは剣をお納めください」

「詫びで済むものか！　そいつはドラゴンを使って我が隊員に危害を加えたのだぞ！」

アルバートは胸に手を当て、このときばかりは悲痛な表情を作ってみせる。

「騎士団の隊員を我が子のごとく慈しんでいらっしゃる副隊長殿のご立腹はごもっともで

す。しかしドラゴンは用心深い生き物ゆえ、親でない者に触れられると威嚇して火を噴きます。決して悪意があったわけでは……」

「御託はいい。その者を斬り捨てろ」

アルバートの言葉を遮り、副隊長は短く命じる。

束の間（つかま）の沈黙の後、アルバートがダリオを振り返った。ダリオは抵抗の意思がないことを示すつもりで目を閉じた。この命なら、騎士団に入隊した日にアルバートへ捧（ささ）げている。

騎士の序列は絶対だ。命令には逆らえない。ダリオは抵抗の意思がないことを示すつも
しかしアルバートは剣に手をかけることはせず、もう一度副団長を振り返ってにっこりと笑った。

「ご冗談を。ドラゴンは本来天空に住まうもの。このドラゴンが地上にとどまっているのはダリオの存在があってこそ。彼が死ねばドラゴンも空に戻ってしまいます。いずれ一騎当千の戦力になるであろうドラゴンを、みすみす手放すおつもりですか？」

「な、なんだと？」

「副隊長殿ともなれば、城所蔵の書などすべて目をお通しでしょう？　二百年前この地に降り立ったドラゴンも、主人と認めた人間が息を引き取るや空へ帰ったそうですよ」

副隊長の目が泳ぐ。そんな書物を読んだことなどないのだろう。

アルバートはダリオを振り返ると、上官然とした声を出す。

「君、副隊長殿に何を言われた？」

「第一部隊に入隊するよう申しつけられました」

「その返事は？」

アルバートの肩越しに副隊長の顔が見える。何か言いたげに口を動かしているのを目の端に捉え、ダリオは迷いなく言い切った。

「お断りしました。自分は貴方の部下で、それ以外のものになるつもりはありません」

「それは困った。そんなことをしたら副団長殿の不興を買って、隊長である俺が騎士団から除名されてしまうかもしれない」

アルバートは心底困ったような声を出すが、目元には楽しげな笑みが浮かんでいる。副隊長に背中を向けた格好なので表情を取り繕う気はないらしい。

血の色を透かす赤い唇を弓なりにしたアルバートは、凄絶なほどに美しい。ダリオを迎えてくれたときの温和な顔とは違う、戦場で見せる顔だ。

触れれば切れそうな鋭利な美貌に見惚れていると、言ってやれ、とばかりアルバートが眉を上げた。共謀者の視線を向けられ、緩みそうになる唇を引き結んで答える。

「隊長が騎士団を去られるのであれば、自分も追って隊を去ります」

背後で副団長がぐっと声を詰まらせた。

アルバートが笑う。ダリオが自分を選ぶことなど端から疑っていなかったような顔で。

瞬きひとつで表情を引き締めると、アルバートは振り返って副団長に深く頭を下げた。

「申し訳ありません、副団長殿。彼は私が説得いたしますので、今しばらくお時間をいただけますでしょうか。彼の気持ちが定まるまでは、我が隊が責任を持って彼とドラゴンを管理いたします」

「……っ、当たり前だ！　まかり間違ってドラゴンを手放すようなことになれば、貴様の首も刎ねられると心得ろ！」

副隊長は憤怒で顔を赤黒く染めて椅子に腰を下ろす。アルバートは優美な所作で副隊長に向かって腰を折り、ダリオも武骨ながら深々と頭を下げて執務室を後にした。

二人して黙したまま廊下を歩いて城を出る。外に出るや、耐え切れなくなったようにアルバートが笑い出した。

「いや、驚いた。ドラゴンの効果は凄いな。まさかあの副隊長殿を言いくるめてしまえるとは思わなかった」

執務室での張り詰めたやり取りが嘘のように砕けた顔で笑い、アルバートはダリオの肩を抱く。遠慮なく抱き寄せられたダリオは声を詰まらせたものの、呼吸の乱れに気づかれないよう注意深く息を吐いて普段の口調を装った。

「先程執務室でおっしゃっていた書物の話は、本当ですか？」

アルバートははったりが上手い。ありもしない書物を引き合いに出したのかと思ったが、今回は「もちろんだ」という返事が返ってきた。

「ドラゴンが見つかったという一報を受けて、大臣たちがうちの部隊に蔵書の点検を命じたんだ。ドラゴンに関する書物をすべて持ってこいとね。まったく、戦がないとうちはすぐに雑用を命じられるからたまったものじゃない」

その作業の合間にアルバートも書物を読み齧ったらしい。

ダリオの肩を抱いたまま喋るアルバートに、ドラゴンは警戒の眼差しを向けている。しかし親代わりのダリオとアルバートが親しい間柄だとは理解したらしく、もう威嚇するようにに歯は鳴らさなかった。

「何はともあれ、君が第六部隊に戻ってきてくれてよかった」

「はい」と答えるつもりが、返事が遅れた。アルバートがこれほど上機嫌なのは、自分が部隊に戻ったからか、それともドラゴンが手に入ったからか、ふいにわからなくなったからだ。

(そもそも俺の濡れ衣は、本当に晴れたんだろうか)

ダリオが騎士団を除名されたのはもう二年も前のことだ。王都を去る直前までアルバートがダリオを引き留めようとしてくれたのは事実だが、もし本気で王都に戻そうと考えていたのならもっと早く事が進んでいたのではないか。

本当は自分の濡れ衣は未だ晴れず、けれどドラゴンが欲しいから当時の罪を不問に処しただけなのかもしれない。そんな考えが頭を過った。

（それほどに皆このドラゴンが欲しいのか）

孤児だったダリオは学がなく、この国の歴史もよく知らない。二百年前にドラゴンがこの地に降り立ち、領土拡大に一役買っていたという話も初耳だ。第一部隊の副隊長が目の色を変えてドラゴンを欲しがったことにも内心驚いていた。ダリオ自身はドラゴンのことを、少しばかり珍しいペットくらいにしか思っていなかったのに。

（ドラゴンがいれば、第六部隊が上位部隊から軽んじられることもなくなるだろうか）

ならばアルバートも喉から手が出るほどドラゴンが欲しいだろう。

アルバートの顔を仰ぎ見れば目が合って、青い瞳をゆるりと細められた。

眼差しは優しい。この二年、夢に見るほど焦がれていた相手が目の前にいる。だというのに、どうしてか視線が下がってしまう。

待ち望んだその笑みが、自分に向けられているのかドラゴンに向けられているのか判断できず、ダリオはそっとドラゴンの背中を撫でた。

思わぬ邪魔が入ったものの、城を大きく回り込んだ二人は当初の目的通り第六部隊の兵舎までやってきた。石造りの簡素な兵舎のドアを開けるや、中からワッと歓声が上がる。

「ダリオ！　お帰り！」

「お前ならいつか帰ってくると思ってたぞ！」

見慣れたメンバーたちに笑顔で迎えられ、ダリオの唇もわずかにほころぶ。

第六部隊に所属する騎士は約二十名。その下に騎士団候補として訓練と雑用をこなす雑兵が十人ほどいるだけの小隊だ。

ざっと見回したがほとんどメンバーは変わっていない。ダリオが王都にいた頃は周辺国との諍いが絶えなかったが、最近は大きな争いもなく平穏な日々が続いていたようだ。

さっそく周りに群がってきたメンバーが、珍しげにダリオの腕の中を覗き込む。

「これがドラゴン？　へぇ、ちっちゃいな。猫の子みたい」

そう言って手を出そうとするのを、兵舎の隅で鎧を脱いでいたアルバートが止めた。

「やめておけ。さっき早速第一部隊の連中がそいつに火を噴かれていたぞ」

「げ、マジですか。ていうか、第一部隊？」

「ドラゴンと一緒にダリオを引き抜こうとした」

皆がいっせいにダリオを見る。断った、とダリオが言うより早く、どこからか「うえええ」というか細い泣き声が上がった。

「ダリオさん……、第一部隊に行っちゃうんですかぁ……？」

人垣を掻き分けることもできず、ダリオから離れた場所で目に涙を浮かべていたのはクリスだ。赤毛で小柄な青年で、皆に背を押されておずおずとダリオの前までやってくる。

いかにも気弱そうな見た目だが、これでも第六部隊の立派な騎士である。

「行かない。第六部隊以外はお断りだ」

「う……、よ、よかった……っ！」

クリスは胸の前で両手を組んで、そばかすの浮いた頬にぽろぽろと涙をこぼした。

「僕、ダリオさんが帰ってくるのずっと待ってたんです。それで、今度こそ戦場でダリオさんに恩返しをしようと思って、訓練も一杯……」

「本当か？　だったら後で手合わせしよう」

クリスは茶色い瞳を見開いて、感極まったように身を震わせると「はい！」と大きな声で返事をした。

クリスは騎士団に入隊したばかりの頃、敵陣にひとり取り残されてしまったことがある。それをダリオが単身で助けに向かったものだから、未だに恩義を感じているようだ。結局はダリオも敵に囲まれ、アルバートに助け出されることになったのだが。

「こら、クリス。ダリオが戻ってきて嬉しいのはわかるが、本気で手合わせなんてしたらお前が怪我しちまうぞ」

そう言ってクリスの頭に肘を置いたのはロレンスだ。部隊の中で一番背の高いロレンスにとって、小柄なクリスの頭は相変わらず具合のいい肘掛け代わりになっているらしい。

変わらぬ光景に目を細めたダリオだったが、頬を膨らませたクリスが、「重いよ、ロレンス」などと遠慮のない口調で言うので驚いた。かつては「ロレンスさん」と呼んでいたはずだし、何をされても弱り顔で黙っていたのに。一方のロレンスも邪険にされて怒るでなく、目尻を下げて笑っている。

不思議に思って眺めていると、シャツとズボンに着替えたアルバートがやってきた。

「この二人はいつの間に仲良くなったんだろう、って顔してるな？」

身を屈(かが)めたアルバートに耳元で囁(ささや)かれ、ダリオは肩を震わせる。

極端に表情の乏しい自分の顔を、どうしてアルバートはこんなにも正確に読み解いてしまうのだろう。はい、と生真面目に返事をすると、アルバートの横顔に笑みが浮かんだ。

「君がいない間に、ロレンスとクリスは結婚したんだ」

軽く目を見開くことで最大級の驚きを表現したダリオの前で、クリスは気恥ずかしそうに頬を染め、そうなんです、と頷いた。

「去年、式を挙げたんです。指輪も交換して……」

「そうだったのか。おめでとう」

心からの祝福を込めてダリオは二人の肩を叩く。聞けば結婚式には第六部隊のメンバーも出席したらしい。共に死線を潜り抜けてきた仲間の晴れ姿を見られなかったのは残念だが、めでたいことに変わりはない。

アンテベルトでは同性婚も当たり前に行われる。

この国の民が信仰する神、エバスティアは博愛の女神だ。いかなる理由であれ愛し合う者たちを引き裂くことをよしとしない。それゆえこの国では身分違いの恋も成就するし、性別は障害にすらならない。とはいえ同性婚より異性婚を選ぶ者が多いのは事実で、同性同士のカップルでも夫婦と呼ばれるのが一般的だ。

「……王都を離れていた間に、やはり変わったこともあるんだな」

仲睦(なかむつ)まじく身を寄せ合うクリスとロレンスを眺めてしげしげと呟けば、「そりゃ二年も経てばな」と他のメンバーに笑われた。

「しかし一番の変化は前王のご崩御だろうな」

「王が亡くなられたのか？」

目を丸くするダリオに、「まさか知らなかったのか」と周囲は騒然となる。

「お前、つくづくとんでもない田舎に飛ばされたんだな？」

「前王のご長男、リチャード様が戴冠したんだぞ」

そうだよ、とアルバートも会話に加わってくる。

「リチャード様は実力主義だ。我が隊のこともよく気にかけてくださっている」

「……そうなのですか？」

つい先程、第一部隊の副隊長から理不尽な目に遭わされたばかりなので素直に頷けない。アルバートはそんな表情を読んだように、ダリオの背中を軽く叩いた。

「でなければ、どれだけ証拠を揃えたところで第五部隊の隊長だったジーノを追放することは難しかった。前王は貴族から賄賂を受け取って不正に目をつぶるタイプだったからな。ジーノは戦場を荒らし回っていたおかげで金回りがよかったから、前王からかなり目こぼしをしてもらっていたらしい。でも新王であるリチャード様は誠実な方だ。賄賂の類は受け取らない。前王のもとで幅を利かせていた貴族たちも、これで少しは大人しくなるといいんだが……」

疲れを滲ませた顔で溜息をつき、アルバートは弱り顔でダリオを見遣る。

「ジーノの件は不正の証拠集めに難航して、君を王都に呼び戻すのに二年もかかってしまった。申し訳ない」

謝罪の言葉に驚いて、ダリオは大きく首を横に振った。自分など所詮一兵卒に過ぎないのだから捨て置かれても文句は言えない。それを二年も忘れずにいてくれたなんて。

無言で腕の中のドラゴンを抱きしめる。アルバートはドラゴン欲しさに自分の濡れ衣を晴らしてくれたのではないか、などと一瞬でも疑ってしまった自分を恥じた。

「では改めて、今日から第六部隊の一員になるダリオだ。皆、よろしくな」

新しい隊員を迎えるときと同じく、アルバートが大きな声で宣言する。全員が盛大な拍手を贈ってくれて、さすがのダリオも鼻の奥がつんと痛んだ。

アルバートはダリオの背に添えていた手を下ろすと、正面からダリオと向かい合う。

「おめでとう。これで君もまた第六部隊の一員だ」

感極まって声が上擦ってしまいそうになり、ダリオは小さく息を吐く。

「はい、ありがとうございます」

「これからは王の膝元で尽力してくれ」

「はい」

「騎士として恥じぬ振る舞いを心掛けるように」

「はい」

やまない拍手の中、アルバートはダリオの肩に手を置くと、満面の笑みで言った。

「ダリオ」

「はい」

「俺と結婚しよう」

「はい」とダリオは返事をする。何を言われたのかもよく理解しないまま。

言ってしまってから我に返った。自分は一体、何に対してイエスと言ったのか。

時間が止まったように辺りが静かになった。拍手の音がやみ、笑顔で手を叩いていた隊員たちがその格好のまま停止して、一瞬本気で時空の狭間(はざま)に取り残された気分になる。

質問の意味はわからねど、返事を間違えたことだけは理解した。

前言を撤回しようと口を開いた瞬間、隊員たちの絶叫が兵舎に響き渡った。笑顔で固ま

っていた隊員たちが、雪崩を起こしたようにダリオとアルバートに詰め寄ってくる。

「たいっ、隊長！　今、今なんて⁉」

「結婚って言いました⁉　えっ、結婚⁉」

愕然とした表情で身を乗り出してくる隊員たちを振り返り、アルバートは一等華やかな笑みを浮かべて答えた。

「ああ。プロポーズが成功したんだ。皆盛大に祝ってくれ」

アルバートは笑いながらダリオを抱き寄せ、その黒髪にキスをする。

二度目の絶叫が兵舎を揺るがしたがダリオは動けない。自分の周りで何が起こっているのか理解できず表情もなく立ち尽くすばかりだ。

腕の中ではドラゴンが、大騒ぎする人間たちをうるさそうに睨んで鼻を鳴らした。


白昼夢を見ている気分のまま、アルバートに肩を抱かれて兵舎を出た。雲を踏む心地で城内を出て、大通りを歩き、やってきたのはアルバートの自宅だ。

石造りの頑健な家は暗く静まり返っている。窓から漏れる光もない。家の中にアルバートの帰りを待つ者はいないようだ。

ダリオを家に招き入れると、アルバートは居間のテーブルに置かれた燭台に火を灯し、早速暖炉に火をくべ始めた。

「長旅で疲れただろう。すぐに湯の用意をするから待っていてくれ」

暖炉に薪を放り込むアルバートの姿を見て、停止していたダリオの頭がようやく動き出した。上官を動き回らせるわけにはいかないと慌てて暖炉に駆け寄る。

「じ、自分がやります！　隊長はおくつろぎください！」

「君こそ少し休むといい。ほら、そろそろドラゴンも下ろしたらどうだ」

言われるまま、じたばたと腕の中で暴れるドラゴンを床に下ろしてやる。ドラゴンは藁を敷いた床の上を四本脚でよちよちと歩き回り、早速室内を検分し始めた。

居間には頑丈な木のテーブルと二脚の椅子、普段使いの食器を収めた棚くらいしか置かれていない。ドラゴンはしばらくテーブルの脚の匂いを嗅いだり壁に体をすりつけたりしていたが、最終的に火のついた暖炉の前を陣取って体を丸めた。

「こうして丸まっていると猫みたいだな」

アルバートは笑いながらドラゴンに触れようとしたが、緑の瞳にぎろりと睨まれて大人しく手を引いた「よく考えたら、この子に暖炉の火をつけてもらえばよかったか」などと笑いながらダリオを振り返る。

「ドラゴンに何か食べさせなくていいのか？」

「はい、今日は午前中に食事を済ませていますので」

「一日一食でいいのか。何を食べるんだ？」

「今日は狼を一頭ばかり」

アルバートがぎょっとした顔でこちらを向く。鶏サイズのドラゴンが、自分の体よりずっと大きな狼を捕食するとは思っていなかったようだ。

「……肉食なのか」

「はい。大量に食べて、長時間眠ります。場合によっては丸一日眠りっぱなしになることもあります。あまり燃費のいい体ではないのかもしれません」

ダリオは喋りながらマントを脱いでドラゴンの体にかけてやる。ダリオの匂いに安心したのか、ドラゴンはマントに鼻先をすり寄せると満足そうに鼻から息を吐いた。

「こんな形でもドラゴンはドラゴンか……。名前はつけていないのか？」

「名前というほどではないのですが……コドラと呼んでいました。小さいので」

「いずれは人間より大きくなるのに、コドラか」

アルバートはおかしそうに笑ったが、「いいんじゃないか、可愛くて」と賛成してくれた。

「さあ、湯が沸いた。まずは体の汚れを落としてくれ」

アルバートは暖炉の上にある櫛の歯状の鉄の棚からやかんを取り上げ、てきぱきと湯桶の準備をしてしまう。上官にそんなことをさせるなど恐れ多くて身の置き所もなかったが、一週間歩き通しで手足も顔も真っ黒になっているのは事実だ。恐縮しながらも湯を使わせてもらい、その上アルバートの服まで借りてしまった。

汚れていても自分の服を着るつもりでいたダリオは驚いて、濡れた体のまま湯桶の周りをうろうろしたが、汚れた服はアルバートが持ち去ってしまったようで他に着るべき服もない。裸でアルバートの前に出るわけにもいかず、おっかなびっくり用意された服に袖を通して居間に戻った。

「よかった。服のサイズは合ってたみたいだな」

笑顔でダリオを迎えてくれたアルバートは、テーブルの上に夕食の皿を並べているところだった。二人分あるので、ダリオもここで食べていけということだろう。

「何から何まで……申し訳ありません」

恐縮しきって頭を下げれば、アルバートは笑ってダリオの前に立った。

「いいさ。長旅を終えたばかりなんだ、ゆっくりしてくれ。……シャツのサイズはぴったりというわけにはいかなかったな。身の回りの物は明日にでも買い揃えよう」

俯くダリオの手を取って、アルバートはダリオのシャツの袖を折る。爪先が触れ合うほど互いの距離が近づいて、ますます顔を上げることができなくなった。頑（かたく）なに俯いてアルバートの胸の辺りを見ていると、髪に柔らかなものが触れる。

地肌をふっと吐息が撫で、驚いて顔を上げてしまった。至近距離で視線が絡まり、ぎくりと全身を緊張させる。表情こそ変わらなかったが、頬に熱が集まっていくのが自分でもわかった。多分、今、髪にキスをされた。恋人にするように。

アルバートは悪戯(いたずら)っぽく笑っただけで、特別何を言うでもなくダリオを椅子に座らせる。

アルバートは基本的に部下に対する態度が気さくだ。部下が戦果を挙げれば笑顔で肩を抱き、窮地から無事帰還すれば抱擁で迎える。他の隊員たちもよくされていた。

(でも、キスは……ない)

少なくともダリオはこれまでアルバートにキスをされたことなどないし、他の隊員がされている姿も見たことはない。それどころか、あまりに自然にここまで連れてこられたので言及する暇もなかったが、アルバートの自宅に呼ばれることすら初めてだ。

初めての連続に戸惑い黙りこくっていると、アルバートが向かいの席に腰を下ろした。

「シチューだけは朝から仕込んでおいたんだが、君がいつ戻ってくるか正確にはわからなかったから大したものは用意できなかった。すまないな」

ダリオは滅相もないと首を横に振る。

テーブルの中央にはシチューがたっぷり入った両手持ちのボウルが置かれ、その横にはローストされた肉の塊も用意されている。ダリオの前には分厚く切ったパンが置かれ、陶器のコップにはワインが注がれていた。この二年お目にかかれなかったご馳走(ちそう)だ。

アルバートがコップを掲げて乾杯の仕草をする。ダリオも同じくコップを掲げたが、口をつけることなくそっとテーブルに戻した。

「相変わらず酒は弱いか？」

「飲めないわけではないのですが……」

アルバートはボウルからシチューを取り分け、ふっと目元を和らげた。

「無理に飲むと潰れてしまうか。そういえば前にもあったな、そんなことが」

「……忘れてください」

知らず眉間に皺が寄る。正直あまり思い出したくない醜態だ。

アルバートは声を立てて笑い、ダリオの前にシチューをよそった皿を置いた。

「まずは食べてくれ。この一週間歩き詰めでろくに食べてないんだろう？」

促され、ようやくスプーンに手を伸ばす。野ウサギのシチューにはたっぷりの野菜と香辛料が入っていて、匂いを嗅いだだけで口一杯に唾液が広がった。この一週間は食事も睡眠も最低限に抑えて歩き続けていただけになおさらだ。

ごくりと唾を飲み、せめてがっつかないようにゆっくりとスプーンを口に運ぶ。温かい食べ物自体が久し振りで、飲み込んだものが喉から胃の腑に落ちていくのさえはっきりと感じ取れる気がした。

意識してゆっくり食べていたつもりが空腹には勝てず、あっという間にシチューを平らげてしまった。家の主人より先に皿を空にしてしまった無作法に気づいて青ざめたが、アルバートは機嫌よく笑って二杯目のシチューをよそってくれる。

「君のために作ったんだ。全部食べてくれて構わない」

「いえ、自分は、もう……」

「君の食べっぷりは気持ちがいいから好きだ」

好き、という言葉に反応して、辞退の声が引っ込んだ。

どんな理由であれ、アルバートに好意的な言葉をかけてもらえるのは嬉しい。騎士団で見習いをしていた頃から、雑巾がけが丁寧だの、挨拶の声が大きいだの、そんな些細(ささい)なことを褒められるだけで一日中浮かれていた。

その上今日は、二年ぶりにアルバートに会ったのだ。再会の高揚感も手伝って、二杯目の皿も早々に空にしてしまった。

アルバートはそんなダリオを満足げに見詰め、パンの上にローストした肉を切り分けてやったり、ワインの代わりに水を用意してやったりと甲斐甲斐(かいがい)しい。

食事をしながら、アルバートはすいすいとワインを口にする。ダリオとは違い酒豪らしく、酒宴の最中ですら顔が赤くなったところを見たことがない。唯一赤く色づいた唇を見るともなしに眺めていると、コップの縁からアルバートがこちらを見た。

「君は酔うと記憶が飛ぶんだろう?」

正面から見据えられて自然と背筋が伸びた。アルバートはいつも唇に薄く笑みを浮かべているので見逃されがちだが、こうして口元が隠れていると目元の鋭さが際立つ。青い瞳は美しいが、抜身の剣に空を映したような剣呑さもあり油断ならない。

「第五部隊の連中に無理やり飲まされたときのことはどれくらい覚えてる？」

問われて軽く目を伏せた。先程もちらりと話題に上ったが、本当に何も覚えていない。

「ジーノ隊長に酒を飲むよう強要されたことは覚えています。コップに一杯飲んだところまでは……覚えていると思います。でもその後は……」

「覚えていないか。自分が何を喋ったかも？」

「……何か、問題になるような発言でもしましたか？」

「なるほど、覚えてないんだな」

アルバートは薄く微笑んで、ダリオの前に置かれていたコップを取り上げた。中になみなみと注がれていたワインを一息で飲み干し、空のコップをテーブルに戻す。

「だったら酒はやめておこう。せっかくの初夜が記憶に残らないなんて由々しき問題だ」

昼からワインの甘い香りを漂わせ、花が咲きこぼれるようにアルバートは微笑む。華やかな笑みに意識を奪われ、言われた意味を理解するのに時間がかかった。

暖炉の中でぱちんと薪が爆ぜ、我に返って瞬きをする。

「……初夜、ですか」

聞き間違いかもしれないと思い固い声で問い返せば、笑顔で頷き返された。

「さっきプロポーズを受け入れてくれたじゃないか」

「結婚しよう、とは言われましたが」

「君は『はい』と言ってくれただろう?」

あれは勢いで頷いただけで、何を言われたかはよく理解していなかった。兵舎を出た後もその話題に触れることはなかったし、冗談か何かだと思っていたのだが。

アルバートはゆったりと笑ってダリオを見ている。暖炉の炎がその横顔を赤く照らし、金色の髪に夕日のような橙色が滴る。

冗談にしては親密な表情で、アルバートは密やかに囁いた。

「自惚れじゃなく、以前から君に憎からず思われていた自覚はある」

動揺すまいと思っていたのに、呼吸が途切れてスプーンを取り落としそうになった。

憎からず思う、という言葉を、アルバートはどういう意味で口にしているのだろう。嫌いではない、などという生ぬるい意味で使っているとは思えない。

ばれているのだ、と思ったら心臓が限界まで鼓動を速めた。

九年前、孤児だった自分に声をかけてくれたあのときから、ダリオはずっとアルバートに心を奪われていた。アルバートの口利きで傭兵の雑用係となってからは、たまに城内で見かけるアルバートの姿を熱心に目で追った。騎士団に配属されてからは、戦場の苛烈な剣捌きと、隊員たちに慕われる大らかな笑顔に憧憬を募らせた。

アルバートを見る自分の目が、他の隊員たちが彼に向けるのとは違う色を帯びている自覚はあった。隊の誰よりアルバートを崇拝しているからだと自負していたが、己の勘違いに気がついたのは王都を離れてからだ。

長い間、騎士としてアルバートを尊敬していた。敬愛もしていた。けれどそれ以上に、自分はずっと彼に恋をしていたのだ。

いつからかはわからない。初めて声をかけられたときからもう強烈に惹かれていた。都を離れ、会えなくなってから自覚した。自分の体を支えていた屋台骨をごっそり取り払われたような虚脱感は、王都を離れたからではなく、騎士団を除名されたからでもなく、アルバートに会えなくなったからに他ならない。

一週間前、アルバートから手紙が届いたときは手紙を額に押し当ててその場に跪いたものだ。もう一度会えるかもしれない。一目でいい、その姿を目に焼きつけることができたら、もう思い残すことはないとすら思っていた。

王都にいた頃はダリオ自身自覚していなかった恋心を、アルバートはとうに看破していたのだろう。ダリオはスプーンをテーブルに置くと深く顔を伏せた。

「ご慧眼です。易々と胸の内を悟られてしまった未熟な己に恥じ入ります」

「ご謙遜を。君は本心を隠すのが上手いから、二年前の時点では確信を持つことができなかった。それよりも、どの程度憎からず思っていたかの詳細が知りたい」

アルバートへの恋心は一生隠すつもりで、まさかこんなふうに本心を打ち明けることになるとは思っていなかった。口ごもり、ダリオは歯切れ悪く答える。

「結婚の申し込みを、喜んで受け入れる程度には……」

「喜んでいたようには見えなかったな？」

苦笑されてしまい、ダリオは一層小さな声で言った。

「……本気でそんな申し出をされたとは思いませんでした」

他の隊員たちの前であんなことを言われたのだ。冗談だと思うに決まっている。

そうか、と呟いてアルバートが席を立った。そのままテーブルを回り込み、ダリオの傍らで立ち止まるとその場に膝をつく。

上官であるアルバートに傅かれ、ぎょっとして椅子から腰を浮かせかけた。

アルバートは素早くダリオの手を取ると、椅子から立ち上がれぬよう強く握りしめて一心にダリオを見上げる。

「だったらもう一度やり直させてくれ。君に惹かれてる。君が俺の部隊に入ってきたときからずっとだ。生涯を共にしたい。結婚してくれないか」

目元に浮かんだ笑みを消し、真剣な表情でアルバートは改めて結婚を申し込んできた。

さすがに冗談には見えない。けれど信じられるわけもない。動転したダリオは声も出せず、息を詰めてアルバートを凝視した。

王都にいた頃、アルバートから好意を向けられていた自覚など欠片もなかった。それとも自分が気づかなかっただけか。周囲の隊員たちからも鈍感だと言われることは多い。

ぱち、と暖炉で再び薪が爆ぜ、炎の前で体を丸めて眠っていたコドラが身じろぎする。

それを見た瞬間、あ、とダリオは小さな声を漏らした。

(……ドラゴンのためか?)

結婚してしまえばダリオはアルバートのものになる。ダリオが所有しているものはアルバートのものになり、その逆もまたしかりだ。たとえダリオが他の隊に強制的に引き抜かれても、夫婦の所有物に他者が手を触れることはできない。所有物には家や子供、家畜も含まれる。恐らくドラゴンもそうだろう。

そしてこの国を守護する女神エバスティアは、一度婚姻を結んだ者たちが離縁することを許さない。どうしても離婚したければこの国を出ていく以外に道はないのだ。

きっとアルバートは、コドラを確実に自分のものにするため求婚している。そうでなければどうしてアルバートほどの男が自分に手を差し伸べるだろう。孤児で家族はなく、もちろん財産のようなものもなく、あるのは頑健な体だけで、可愛げもなければ愛想もない自分など、生涯の伴侶に選ばれるわけもない。

(それほどにドラゴンが欲しいのなら、結婚などしなくてもいくらでも差し上げるのに)

敬愛する上官にドラゴンを譲渡することに躊躇はない。コドラが第六部隊の、ひいてはこの国を守護する力になってくれれば何よりだ。

求婚など取り下げてくださいと言うべきだと思った。自分に膝などつく必要はない。そう伝えなければと頭では思うのに、口から出てきたのは別の言葉だった。

「……喜んで、お受けいたします」

アルバートは本心から自分に求婚しているわけではないとわかっていたのに、断ることができなかった。本来なら決して自分を振り返らなかっただろう男からひたむきに見上げられていることが信じられなくて、その僥倖を手放せない。

返答を間違えた、と気がついたのは次の瞬間だ。結婚などしなくともコドラは譲ると言い直そうとしたが、アルバートに強く腕を引かれて体がぐらついた。

一見すると物腰柔らかな美丈夫にしか見えないが、これでアルバートは精鋭率いる第六部隊の隊長だ。決して小柄とは言えないダリオの体が片腕で椅子から引きずり下ろされる。横ざまに倒れ、そのまま床に叩きつけられるかと思いきや、床に跪いていたアルバートの胸に抱き止められて力一杯抱きしめられた。

万感の思いを込めた声で名前を呼ばれ、体の芯に震えが走る。

まるで本当に、想い焦がれた恋人を抱き止めたかのような声だった。そんなはずはないのにじわじわと耳が熱くなる。強く抱きしめられると心臓が痛いくらい胸を叩いて息が止まりそうだ。

アルバートの胸に凭れて動けずにいると、そっと背中を撫でられた。

「一度だけ猶予を与えよう。本当に俺の伴侶になる気があるか？　幼い頃、俺に声をかけられたことに恩義を感じているのならそれは忘れていい。一生のことだ。俺は一生君を離さないぞ。それでいいか」

アルバートは耳元に唇を寄せて熱っぽく囁くと、惜しむようにきつくダリオを抱きしめてから体を離した。

「逃げるなら今が最後だ」

青白い炎のような瞳が自分を見ている。

焼き尽くされるようだと思いながら、ダリオは掠（かす）れた声で言った。

「——逃げません」

貴方のものにしてくださいと、言葉にする前に唇を奪われた。

噛みつくような性急なキスに声も呼吸も奪われる。

寒村から険しい道を歩いて、一目その姿が見られればもう思い残すこともないと思った男に熱烈に口づけられて喉を鳴らす。

嗚咽（おえつ）すらキスに奪われて、ダリオはゆっくりと瞼（まぶた）を閉ざした。

気がつけば、コドラが深く寝入っていた。

一度眠りに落ちると半日近く眠り続けるコドラを暖炉の前に残し、アルバートに手を引かれて二階へ上がる。

寝室には小さなテーブルと椅子、チェストが置かれ、リネンのかかった大きなベッドがひとつ鎮座していた。

手燭をテーブルに置いたアルバートに手を引かれてベッドへ向かうが、緊張で足元が覚束ない。アルバートにキスをされたのも信じられなかったし、こうして共に寝室までやってきたこともまだ現実味がなかった。アルバートは初夜と言っていたし、つまりそういうことがこれから目の前のベッドで行われるのだろう。

この国では婚前交渉も珍しくない。簡単に離婚ができないだけに、事前に体の相性を確かめておくことは大切だ。庶民は面倒を嫌い、事実婚で済ませる者も多かった。

ベッドの前に立つと、アルバートはつないでいた手をほどいて躊躇なくシャツを脱いでしまう。しっかりと筋肉のついた背中は広く、滑らかに白い。アルバートは日に焼けにくい体質らしく、日々屋外を走り回っているにもかかわらず貴族のように肌が白かった。

自分の浅黒く日に焼けた体に引け目を感じたものの、ダリオも黙ってシャツを脱いだ。アルバートに倣ってズボンも脱ぎ、下着も脱ぎ去って一糸まとわぬ姿になる。

恥ずかしげもなく服を脱いだダリオを振り返り、アルバートがくすりと笑った。

「初夜だっていうのに思い切りがいいな?」

「……申し訳ありません。勝手がわからず」

「そのわりに堂々としてるじゃないか」

先にベッドに上がったアルバートが両手を差し伸べる。恐る恐るその手を取ると、アルバートの眉が上がった。緊張で指先が冷え切っていることに気づかれたらしい。

アルバートは薄く微笑むとダリオの手を引き、裸の胸に抱き寄せる。

「夫婦は平等だ。その気になれないなら断ってくれても構わないんだぞ」

ベッドの上で抱きしめられて、ダリオは忙しなく瞬きをした。動いていないのに息が弾み、断れるわけがないと思った。アルバートは上官だから、などという理由ではなく、長年密かに想いを寄せてきた相手だからだ。

「長旅で疲れているだろう。このまま眠ってもいいんだ」

「……いえ、お気になさらず。自分は何も、問題ありません」

「ベッドの上なのに部下と話している気分だなぁ」

笑いながらアルバートはダリオの後ろ髪に指を絡ませる。山奥の村では適当に自分で髪を切っていたので、襟足は項を隠すほどに伸びていた。急所である首の後ろを撫でられると怯えとは違う震えが背筋に走り、たまらなくなって片手で顔を覆った。

「自分は……、本当に、どうしたらいいかわからないんです」

ずっと好きだった相手に抱きしめられて、呼吸の仕方さえ忘れそうだ。小さく背中を波立たせて苦しい息を吐けば、宥めるように背を撫でられた。

「そうか、ちゃんと意識してもらえているようでよかった。上官の命令には絶対服従だから、なんていう理由でここまで来たらどうしようかと思ったが」

　柔らかな笑い声が耳朶(じだ)をくすぐり耳元に熱が集まる。耳だけではなく腰の辺りにも血が集まり始めてとっさに身を離そうとしたが、逆に強く抱き寄せられてしまった。

「大人しくしなさい」

「しかし、た、隊長……」

「どうして未来の伴侶に隊長なんて呼ばれなくちゃいけないんだ。しかも新床で」

　ベッドの上でじたばたしているうちに体勢が入れ替わり、後ろから抱き込まれる格好になった。

　アルバートは硬直するダリオを胸に凭れかからせ、ダリオの腕に指を滑らせる。

「また君は傷を増やしてるな」

　左手首の外側についた傷痕(きずあと)を撫でられ、肩先が小さく跳ねた。

「これは、盾で防ごうとしたのですが、間に合わず」

「本当かな。君は盾を武器のように扱うから信用ならない」

　ぎくりとして返事が遅れる。アルバートの言う通り、これは盾を振り回して数名の兵士をいっぺんに薙ぎ払ったとき、横から斬りかかられてできた傷だ。

「猛犬のような戦闘スタイルはそのままか。少しくらい矯正(きょうせい)できたと思ったんだが」

「……以前のように、敵陣に単独で突っ込んで瀕死の傷を負うことはさすがに、もう」

「当たり前だ。あんなことを二度もやったら第六部隊から追い出すぞ」

後ろからきつく抱きしめられて息が止まった。心配されているのがわかり、苦しいよりも嬉しくなる。

アルバートの指先は左腕から肩に至り、鎖骨の辺りをゆっくりと撫でる。

「あのときは鎖骨の骨を折ったんだったな。下手をしたら首の骨だって折られていたかもしれない」

「申し訳、ありません。初陣だったもので、張り切りすぎました」

「そうだ、初陣だ。初陣であんな命知らずなことをするから、これは放っておけないと思って剣の手ほどきをしたんだ。君は最初から滅茶苦茶だった」

鎖骨の傷が癒えた後、アルバートはダリオに手ずから剣術の稽古をつけた。相手を斬り伏せることしか頭になく、敵の攻撃をかわすことも防ぐこともしないダリオを見かねてのことだ。

「こっちはクリスを助けたときについたものか」

右腕の手首から肘にかけて残る深い傷を指で辿ってアルバートは溜息をつく。

敵陣に取り残されたクリスを単独で助けに行ったときについた傷だ。アルバートは部隊に撤退を命じていたが、ダリオひとりが逆らって敵陣に突っ込んだ。あのときはすでにアルバートから剣術の手ほどきを受けた後だったが、多勢に無勢で防御が間に合わず、仕方なく剣を振るう自身の腕すら盾の代わりにして致命傷を避けたのだ。

「もうあんな無茶な戦い方はしてないだろうな？」

「……あの戦闘の後、すぐに騎士団は除名になりましたので」

「騎士団に戻っても、二度とあんな真似はしないでくれ」

耳元で声がしたと思ったら、耳殻に軽く歯を立てられた。首筋に甘い痺れが走って、ダリオはぎこちなく身じろぎする。

「第五の連中にやられたのはどれだ？　濡れ衣を着せられた後、あいつらに袋叩きにされたんだろう？　酷い出血だった」

アルバートの声が低くなる。怒っているらしい。指先が荒々しく肌をまさぐり、腿についた傷痕に触れる。腿から膝の外側にかけて残るそれはいつついたものだったか。ダリオの体には傷が多すぎて、どれがどの戦闘でついたものかもわからない。

腿の傷痕を指で辿り、アルバートは潜めた声で囁く。

「査問にかけられたとき、どうして申し開きをしなかった？　実際に市民を襲っていたのは第五部隊のジーノだったんだろう？」

指先が腿を這い上がる。長い指が内腿に滑り込み、ダリオはごくりと唾を飲んだ。

「さ、査問では、ジーノ隊長に剣を向けたかどうかを尋ねられました。それは事実でしたので、特に否定はしませんでした」

「でもその後の軍法会議ではジーノに剣を向けたことは一切議題に上がらず、君が市内を荒らし回っていたことだけが取りざたされた。君は査問ですべてを認めたことになっていて、それで王都を追放されたんだ。完全に嵌められてるじゃないか」

「しかし、上位部隊の隊長に剣を向けたのは事実ですし、それだけでも十分除名に足る理由になります。ですから……」

内腿に滑り込んだ指が動いて、むき出しになっていたダリオの雄に絡む。

アルバートに抱きしめられただけですでに緩く頭をもたげていたそれを握り込まれ、ダリオは鋭く息を呑んだ。

アルバートはダリオの耳に唇をつけ、たっぷりと吐息を含ませた声で囁く。

「査問ではジーノに対して剣を向けたかどうかしか問われなかったのか？　本当に？」

ダリオは薄く唇を開くものの、乱れた息が出るばかりで声にならない。アルバートの手で軽くこすられただけで見る間に欲望が膨らんで、あっという間にのっぴきならない状況に追い込まれてしまった。

言葉もなく震えるダリオに気づいて、アルバートがふっと笑みをこぼす。

「こんな色気のない話、新床でするべきじゃなかったかな？」

長くしなやかな指先が、硬く反り返る屹立(きつりつ)を上下に扱(しご)く。すぐに先端から先走りが溢れ、ぬるついた感触に背筋が粟立った。

「……っ、……く」

奥歯を噛んでも声が漏れた。アルバートの手つきは巧みで、決して強い力ではないのに抗いがたい快楽に引きずり込まれる。

ダリオの限界が近いことにアルバートも気づいたのだろう。上下に動かしていた手を止めて、先端のくぼみを指先で撫でた。その程度の刺激でもとぷりと先走りがこぼれ、こらえ性のない自分に羞恥を覚えて耳が熱くなる。

「田舎には娼館もないから、随分長いことたまってたんじゃないか？　君のことだから、村の娘にも手なんて出してないだろう？」

顔中赤くしながらも頷くと、耳元で機嫌のよさそうな声がした。

「よかった。他の娘に手を出していたら、嫉妬でひどいことをしてしまうところだった」

「……嫉妬？」

「本当は娼婦たちが君に触るのも嫌だ。相手は仕事と割り切っていたとしても」

嫉妬だなんて、アルバートには不似合いな言葉だと思った。戦地では冷戦沈着で、ともすれば自分の命すら駒のひとつとして扱える男だ。戦果に対する報賞に目の色を変えるでもなく、最低限取り分を確保すれば後は部下たちに分け与えてしまう。上位部隊の副隊長にならないかという誘いを蹴ったという噂も聞くし、名誉欲もないのだろう。

耳に押しつけられた唇が首筋を辿り、首のつけ根に歯を立てられる。薄い皮膚にじりじりと固い歯が食い込んできて、なんだか本当にアルバートに執着されている気分になって目が回りそうだ。

さすが、これが王都で様々な浮名を流してきた男の手管か。仕事と割り切っているはずの娼婦たちが本気になるのも無理はないと思いながら、ダリオは震える声で言った。

「……自分は、娼館に行ったことなどありません」

ダリオの首に甘噛みを繰り返していたアルバートの動きが止まった。勘違いをそのままにしておくのも据わりが悪く、ダリオは生真面目に告げる。

「裸で誰かと抱き合うのは、これが生まれて初めてです」

アルバートが顔を上げ、後ろからダリオの顔を覗き込んでくる。沈黙が流れ、心底信じられないと言いたげな声で呟かれた。

「服を脱ぐのにまるで躊躇しなかったからわからなかった」

「隊長に続いたまでです」

「……敵地に突っ込むときのような言い草だな」

苦笑と共に前触れもなくまた屹立を扱かれ、ダリオはぎゅっと眉を寄せた。快感を押し殺すその横顔を後ろから覗き込み、アルバートはことさらに甘い声で囁く。

「だったら、君のこんな顔を知るのは俺だけか」

はい、と返事をしようとしたのに、息が乱れて上手くいかない。欲にまみれて上擦る声をアルバートに聞かせるのは耐えがたく、必死で唇を噛みしめた。

「……っ、……、ん……っ」

「そんなに一生懸命声を殺さないでくれ。君の声が聞きたい」

先端のくびれに指を這わされ腰が跳ねる。アルバートの手の中で育てられたものは痛いくらいに張り詰めて、今にも爆ぜてしまいそうだ。いよいよ声を殺せなくなって自身の拳に噛みつけば、横からその手を取られてしまった。

「君は加減を知らないから噛み千切るぞ」

至近距離で視線が合ってとっさに目を伏せる。自分が酷く淫蕩な顔をしているだろうと思うとまともに見返せない。なおも唇を噛んでいると口の中に薄く鉄の味が広がった。ほら、とアルバートがダリオの顎を摑んで上向かせる。

「どうしても声を聞かせたくないなら、俺がこうしてふさいでおこう」

顎を捉われたまま深く唇をふさがれる。唇の隙間から舌が忍び込んできて喉が鳴った。舌を絡めるキスはつい先程アルバートに教えられたばかりだ。口の中に性感帯があることをよく理解していなかったダリオは戸惑うしかない。荒々しい舌に口内を蹂躙されるたび、体の芯が疼く気がするのはなぜだろう。

「ん……、……っ、ん」

唇を嚙まれ、舌を吸い上げられてくらくらする。アルバートの唇からは微かにワインの匂いがして、それだけで酩酊しそうだ。

深く唇を合わせたまま屹立を扱かれて爪先が丸まる。アルバートの手の中に欲望を放つことなどできないと思ったが、巧みな手淫に追い上げられて逃げ場がない。腹の奥から突き上げてくる射精感には抗えず、喉の奥で声を殺して吐精した。

「んん……っ、は、……ぁっ」

初めて他人の手から与えられる快楽は目が眩むほどで、胴を震わせ、脱力してアルバートの胸に寄りかかる。唇が離れた瞬間、詰めていた息がどっと口から漏れた。

汗ばんだ額に張りつく前髪を後ろに撫でつけられ、そのままベッドに寝かされる。仰向けになって天井を見上げれば、上からアルバートが覆いかぶさってきた。ダリオの顔の横に両手をついて、伏し目がちにこちらを見下ろしてくる。

どこもかしこも傷痕だらけのダリオとは反対に、アルバートの体にはほとんど傷がない。決して後方で指揮を執るタイプではなく、自ら率先して最前線に躍り出るにもかかわらず。

戦場でのアルバートの振る舞いを思い出し、ダリオは熱を帯びた息を吐いた。

ダリオとアルバートの戦い方はまるで違う。ダリオが敵の攻撃を受け切ってから反撃に転じるのに対し、アルバートはまず相手に剣を振るわせない。攻撃と防御を兼ねた剣捌きで自分の間合いまで踏み込ませず、自ら前に出るときは閃光のような一撃で確実に相手の急所を衝いてくる。日々の努力もさることながら、持って生まれた戦闘センスは他の追随を許さない。

そんな男が、熱っぽい目で自分を見下ろしているのが信じられなかった。

「続きをしても？」

吐息交じりに尋ねられ、ダリオは束の間沈黙してから頷く。

アルバートは一瞬の間を見逃さず、ダリオの鼻先にキスをした。

「抱かれることに抵抗があるならここでやめよう。それとも君が俺を抱きたかった？」

「じ、自分が、隊長を……？」

「そうだ。夫婦は平等だからね。君が望むなら構わないとも。ただしそろそろ隊長と呼ぶのは改めてもらいたい。夫婦になってくれるんだろう？」

「いえ、自分は、そんな大それた望みなど……。抵抗もありません、隊長の望む通りにしていただければ、それだけで」

言葉の途中だったが、低い笑い声と共に軽く唇を噛まれた。互いの鼻先がすり合わされ、瞬きの音すら聞こえる距離で囁かれる。

「隊長ではなく、アルバートと呼んでくれ」

上官として命令を下すときとは違う、ねだるような響きを含んだ甘い声だった。

こんな声も出せるのかと驚き、もう上官と部下の関係ではないのだとようやく実感を伴って理解した。首から上が茹ったように熱くなり、何度も躊躇してようやく声を出す。

「……アルバート、様」

蕩けるような目でアルバートが笑う。返事の代わりにキスが降ってきてこちらまで蕩けそうだ。こんな愛し気な顔、演技とは思えない。演技だとしても歓喜で胸が震える。

顔中にキスを受けながら、ダリオは一度目を閉じた。目の縁が湿っぽくなってしまったのを隠したくて、息を整えてから瞼を開ける。

「自分は本当に何もわかりません。この続きにどんな行為があるのかも、おぼろにしか理解していません。娼館に行ったこともありませんし、誰かと裸で抱き合うのはこれが初めてです」

「なるほど、この先の知識がないから返事が遅れたわけか」

「そうです。ですから抱きたいか抱かれたいかと尋ねられてもよくわかりません。ただ、アルバート様を組み伏せたいと思ったことはありません」

「だったら俺に組み伏せられたいと思ったことは？」

間髪を容れずに問いかけられて口を閉ざす。

それは、多少、あるかもしれない。

ダリオが何か言い返す前に、アルバートがにっこりと笑った。

「なるほど、承知した」

言葉にせずとも伝わってしまったらしい。

アルバートは身を起こすと枕元から何かを取り出す。出てきたのは手の中に収まる大きさの、蓋のついた陶器の壜だ。壜の中からアルバートの手に落とされた液体はとろりとして、ろうそくの光を受け蜂蜜色に輝いた。花のような甘い香りがするそれは、どうやら香油であるらしい。

ダリオの脚の間に身を割り込ませ、アルバートは甘い香りを漂わせながら微笑んだ。

「痛かったり苦しかったりしたら言ってくれ。我慢はしないように」

いいね、と念を押されて頷き返す。膝を立てさせられ、全身くまなくアルバートの視線にさらされて体が芯から熱くなった。目をつぶって羞恥をやり過ごしていると、脚の間の奥まった場所に触れられる。香油で濡れた指先で窄まりを撫でられ思わず目を見開いたが、声は出さずアルバートのするに任せた。

窄まりをほぐすように動いていた指が、ゆっくり中に入ってくる。ダリオは無言で天井を見上げ、そんな場所を使うのか、と驚きをもって理解した。香油の滑りが手伝って、指はさほど抵抗なくずるずると奥まで入ってくる。

「……ダリオ?」

名前を呼ばれ、ダリオは視線をアルバートに戻した。

アルバートはダリオの顔色を窺いながらゆっくりと指を抜き差しする。節の高い指が出入りする感触に慣れず奥歯を噛んだが、すぐに意識して力を抜き、静かに息を吐いた。

その反応を見て、アルバートが眉を上げた。

「苦しいとか痛いとか、何かないのか？」

「……慣れない感触ではありますが」

「痛みは？」

「この程度ならば、特には……」

本人の言葉を裏づけるように、ダリオは眉を顰めることすらしない。

アルバートは新たな香油を掌に垂らし、慎重にダリオの中を探りながら呟く。

「ひとつ確認しておきたいんだが、まったく痛みを感じないわけじゃないんだろう？」

中でじっくりと指を回され、わずかに息を乱しながらダリオは頷いた。

「多少は。ですが、大剣で脛の骨を折られたときに比べれば……」

「そういう血なまぐさいものと比較しないでくれないか!?」

一声叫び、アルバートは身を倒してダリオの胸に額を押しつけた。

「ここは戦場じゃないんだ。痛むなら言ってくれ、我慢はいらないと言っただろう」

「……我慢というほどのことは」

指の腹でじっくりと内側を押し上げられ、声もなく小さな息を吐いた。

「せめて声を出してくれないか」

「……上手くできません」

「困った子だな」

アルバートはぼやくように呟いてダリオの喉元にキスをする。首筋を吐息が撫でてぴくりと爪先が反応した。中にいるアルバートの指を軽く締めつけてしまい背筋が反る。首筋にキスをされ、ゆっくりと指を出し入れされて、顔色は変わらなくとも睫毛の先が震えた。丸めた爪先がシーツに波を立て、走ったわけでもないのに息が上がる。

痛みがないわけではなかったが、そんなものは些末なことだ。アルバートの指と唇に触れられると、体の中心が甘く溶ける。

「……ん」

窄まりにもう一本指が添えられる。唇から漏れたのは、妙に心許ない寝ぼけたような声だった。オイルを塗り込められた場所がとろとろと熱い。眠いわけではないのに体に力が入らない。指の腹で柔らかな粘膜を押し上げられて、ひくっと喉が震える。

「……っ、ん……っ」

腰の奥がじわりと温かくなった。未知の感覚に戸惑って身じろぎすれば、アルバートがもう一方の手で性器に触れてきてびくりと体が跳ねた。

「あっ」

一度達して柔らかくなったものを手の中に収め、アルバートは目を細める。

「その調子で少し声を出してくれると俺も嬉しい」

ダリオは弱り果てて眉を八の字にする。痛みならばある程度耐えられるが、快感となると難しい。その上性器に触れる手にもたっぷりとオイルがまぶされていて、ぬるついた感触に誘われあっという間に下腹部に熱が集まった。

「ん、ん……っ」

またしても絶頂が見えてきたが、今度はそう簡単にいかせてもらえない。あと少しというところでかわされ、代わりに窄まりを指でねっとりと愛撫される。充血した粘膜を指の腹で執拗にこすられ、ダリオは固く握りしめた拳を目の上に当てた。奥を突かれるたびに腹の底が煮え立つような、こんな感覚はかつて知らない。

「顔を隠さないでくれ。泣かれているんじゃないかと不安になる」

奥を探る指が引き抜かれ、目元を隠していた手を摑まれる。

もどかしい快感に身悶える姿など見られたくはなかったが、アルバート相手だと抵抗らしい抵抗ができない。左右に腕を開かされ、見上げた顔がぼんやりと滲んで見えた。泣いたつもりはなかったが、いつの間にか目が潤んでいたらしい。

アルバートはダリオの目元に唇を寄せ、困ったな、と密やかに囁く。

「泣かせたくないと思ったんだが、君のそういう顔を見るのは初めてだから興奮する」

笑いながらアルバートは言うが、内腿に押し当てられたものの硬さと熱さから察するにあながち冗談でもなさそうだ。こちらを見下ろして熱っぽい溜息をつく表情が扇情的で喉が鳴る。

「……自分は体が丈夫なので、酷くしてもらっても、問題ありません」

いつもの調子で口にしたつもりが語尾が震えてしまった。馬鹿なことをと苦笑するアルバートに、ダリオは初めて自ら手を伸ばす。

「俺は貴方に、屠(ほふ)られたい」

鍛えられた肩に手を置くと、アルバートが驚いたように目を見開いた。

屠るという言い方は違うのだろうなと思ったが、他に自分の気持ちを表現する言葉が出てこない。戦場では短く鋭い言葉のやり取りばかりで、甘い言葉など知る由もなかった。

どう伝えればいいのだろう。

想い焦がれた相手に好きにされたいと思った。奪われたい、食い尽くされたいと思うことは異端だろうか。

ダリオは必死で言葉を探し、アルバートの肩を摑む指に力を込める。

「この二年、貴方の声を聞くことも、顔を見ることもできず……淋(さみ)しかった、です」

子供のときだって使ったことのなかった言葉で、ダリオは実直に想いを告げる。

王都から遠く離れた村でアルバートを想いながら二年を過ごし、自分の体はすっかり淋しさに染まってしまった。こうして再びアルバートに会い、肌を重ねていてさえ体の芯には冷え冷えとした感情が残ったままだ。

「……淋しさごと、食い尽くしてはもらえませんか」

たどたどしく口にした望みがどれだけアルバートに伝わったかはわからない。元来ダリオは言葉で自分の気持ちを伝えることが苦手だ。単身敵陣に突っ込んで黙々と剣を振るっている方が性に合っている。

そろりとアルバートの顔を見上げれば、表情を見極めるより先に嚙みつくようなキスをされた。膝の裏に腕を通され、大きく脚を開かされる。何か言おうとしたが、窄まりに熱い切っ先を押しつけられて声を呑んだ。

ダリオの唇を舌先で舐め、押し殺した声でアルバートが言う。

「いいんだな、食い尽くしても」

唇に当たる息が熱い。言葉もなく頷けば、ぐっと腰を進められた。

「……っ」

押し広げられる痛みに唇を嚙もうとすると、アルバートがダリオの片脚を投げ出して無理やり唇に指を押し込んできた。歯列の間に指を押し込まれ、嚙みつくこともできず口を半開きにする。

「あ……、あっ、……ん、あぅっ」

全身が緊張して、喉まで締め上げてしまったのか声が高くなった。情けない声を恥じたが、アルバートはむしろ嬉しげに目を細めてダリオの舌先を指で撫でる。

「そうやって声を聞かせてくれ」

言うが早いか突き上げられ、とっさにアルバートの指に歯を立ててしまった。

しまった、と顎の力を緩める。奥を突かれる衝撃より、アルバートの指に嚙みついてしまった失態に青ざめた。

アルバートはダリオを見下ろし、唇の隙間から引き抜いた指をちらりと舐める。

「痛いよ、ダリオ」

「……も、申し訳……ぅあ……っ」

謝罪の途中で揺さぶられた。必死で言い直そうとするダリオを見て、アルバートが薄く笑う。

「冗談だ。気にするな」

「う……っ、で、も……っ、あ、あ……っ」

「いいから、そのまま唇を緩めていてくれ」

申し開きをしたいのに、突き上げられて言葉にならない。鈍痛にはすぐ慣れた。それよりも、荒い息を吐きながら腰を揺らすアルバートから目を離せない。感じ入ったように目を細められると胸が詰まった。自分の体でアルバートが快感を得ているのだと思うと、腹の底がぐずぐずと溶けるようでたまらなくなる。

「う……ん、ん……っ、あ、あぁ……っ」

無自覚に唇を嚙めば窘めるようにキスをされた。声を上げると前より大きく揺さぶられる。蕩けた内壁を硬く反り返ったもので穿たれて全身が震え上がった。

体の奥まった場所に落ちた小さな火種が、何か大きなものに燃え移ってしまいそうで怖い。火がついたら最後、自分を取り繕う外面を焼き尽くされてしまいそうだ。

戸惑ってアルバートの肩を強く握りしめると、耳元で「手は背中に回してくれ」と囁かれた。揺さぶられながら、言われるまま震える手をアルバートの背中に回す。汗ばんだ背中の感触にどぎまぎした。いつも遠くから見ていた広い背中に直接触れるのは初めてだ。

指先で筋肉の隆起を辿っていたら、突然突き上げが激しくなった。

「あっ、あっ、あ……っ、んんっ」

とっさにアルバートの体にしがみつく。互いの体が密着して、目の前に汗の浮いた首筋が迫った。項の匂いが鼻先を掠め、アルバートに抱かれているのだと今更のように実感して目の縁が湿っぽくなった。

ベッドが激しく軋んで、余裕のない声でアルバートに名を呼ばれる。返事をする代わりに強く抱きしめ返せばアルバートを受け入れた場所が淫らにうねって、耳元で低く喉を鳴らされる。

「あ、あっ、あぁ……っ」

最奥を穿たれ、ぴんと張られた神経を爪弾かれたような衝撃に全身を震わせた。同じ場所を繰り返し突き上げられて体ががくがくと震え、目を見開いているのに視界が白む。耳が聞こえない。

戦場で血を流しすぎたときだってこんなふうにはならなかったのに。そんなことを思いながら、ダリオは束の間意識を飛ばした。

戦場で気を失ったらどうなるか。答えは単純、十中八九命を落とす。

眠りが死に直結する認識があるだけに、意識が回復するのは早かった。ほんの数分前後不覚になっただけですぐに目覚めたダリオは、アルバートが止めるのも聞かず寝床を整え、主人と同じベッドでは眠れないと床で寝ようとして無理やりベッドに引き上げられた。

ベッドの端で体を小さくしていたら抱き寄せられ、腕枕までされてしまいどうしていいかわからず目を閉じれば、ふいにアルバートが口を開いた。

「どうだった?」

明かりを落とした寝室で、ダリオはぱちりと目を開ける。

先程の性交のことを訊かれているのだろうか。よかったです、と言いたいところだが、これではあまりに具体性に欠ける。気持ちがよかったです、と言えばいいのかもしれないがそれもなんだかはしたない。

言いあぐねていたら、くすりと笑ったアルバートに後ろ髪を撫でられた。

「そう難しいことを訊いたわけじゃない。辺境の暮らしはどうだったか知りたかっただけだ」

その話か、と思い、早合点した自分に薄く頬を染める。手燭の火が消えていてよかった。薄暗い寝室では互いの顔色もわからない。

「周りを山に囲まれた場所だから、夜は静かだっただろう？」

裸の胸にダリオを抱き寄せ、髪を撫でながらアルバートは囁く。

互いに口を閉ざすと、窓の外から酔っ払いたちの喧騒（けんそう）が薄く響いてきた。中には女性の声も混じっている。この町は夜が更けてもなお賑やかだ。完全に明かりが落ちることはない。

「眠れそうか？」

頬に落ちるダリオの髪を耳にかけ、アルバートは低くなだらかな声で言う。

アルバートの胸に寄り添い、そうですね、と呟いてダリオは再び瞼を閉じた。

「山奥の村でも、あまり深く眠れることはありませんでしたが」

「そうなのか？　案外やかましい村人が多かったか」

「いえ、人間は軒並み無口で静かでしたが、村の周囲を獣がうろうろしていました。人間より巧妙に気配を消して戸口まで近づいてくるので、なかなか熟睡できませんでした」

「人間が夜陰に乗じて忍んでくることはなかったのか?」

「ありました。王都から来た人間なら金目の物を持っているのではないかと……。実際は身ひとつで都を出たので奪われるような物もなかったのですが」

大変だったんだな、と苦笑され、子供を寝かしつけるように背を叩かれた。

「今夜はぐっすり眠るといい。獣も賊も襲ってこないさ。ここは王都のど真ん中だし」

ダリオの体を片腕で抱き寄せ、「何より俺の腕の中だ」とアルバートは笑う。

大した自信だが、それを裏打ちするだけの実力がアルバートにはある。騎士団の第六部隊隊長であるアルバートの家に押し入るような気骨のある賊など王都のどこを探してもいないだろうし、仮にいたとしても返り討ちにされるのは目に見えている。

薄く目を開ければ、暗がりの中にぼんやりとアルバートの顔が見えた。

闇がその輪郭をおぼろにしても、アルバートの美貌を隠し切ることはできない。これほどに見目麗しく、騎士団でも名を馳せているアルバートと床を共にしている事実に何度でもダリオは驚く。何かの間違いではないだろうか。

「……アルバート様は、なぜ俺と結婚しようと思われたのですか?」

迷いながら口にした言葉は小さく掠れ、期せずして眠りに落ちる直前のような声色になった。アルバートの耳にもそう響いたようで、柔らかな笑い声が返ってくる。

「続きはまた明日にしよう。時間はたっぷりあるんだ」

額に優しくキスをされ、おやすみ、と背中を撫でられた。それきり口を閉ざせば、程なく室内にアルバートの規則正しい寝息が響き始める。

ダリオは閉じていた瞼を上げ、自分を抱き込むアルバートの寝顔を見詰めた。どうやら本当に眠っている。随分と気を許してもらえたものだ。

指を伸ばして端整な顔に触れたいと思ったが、そんなことをすれば気配に聡いアルバートは目を覚ましてしまうだろう。代わりに視線で瞼の上や鼻筋、唇をなぞる。

(隊長は、本心から俺を伴侶にしたいと思ってくださったんだろうか)

思い返しても特別扱いをされた記憶はない。離れていた二年は手紙のひとつもなかった。となるとやはりドラゴンが目当てか。他に求婚される理由が思いつかない。

ダリオは瞬きすら惜しんでアルバートの寝顔を見詰める。野戦でもアルバートはほとんど休息をとらないので、こんなにも無防備な寝顔を見るのは初めてだ。

(……どんな理由であれ、こうしてお側にいられるなら構わない)

偽りでもいい。一時的なものでもいい。今だけは、アルバートは自分のものだ。

夢のようだ、と思いながらアルバートの腕に頬を寄せれば、長旅の疲れも手伝い、ダリオは自分でも驚くほどあっさりと眠りに落ちていったのだった。

山村にいた頃、目覚めは大抵日の出前だった。夜明けを待たず目が覚めるのは、布団をかぶってもしのげない寒さのせいだ。夜明け前が一番冷える。

だというのに、今日は瞼の裏に朝日が当たって目を覚ました。それに随分と温かい。普段と違うリネンにはっとして身を起こせば、ベッドにアルバートの姿はもうなかった。

ダリオは寝乱れた髪を後ろに撫でつけながら室内を見回す。寝起きの頭ではどこからが現実で、どこまでが幸福な夢なのか判断がつかない。ベッドから下りると脚のつけ根が鈍く痛んで、どうやら昨晩のことは夢ではなかったようだとようやく理解する。

階下では物音がしており、すでにアルバートが目覚めているようだ。主人を差し置いて惰眠を貪っていた自分に気づき、ダリオは顔色を変えチェストの上の服を手に取った。

慌ただしく着替えて階段を下りると、台所からアルバートが顔を出した。

「おはよう。すぐに朝食の準備ができるよ」

「も、申し訳ありません！」

「どうして謝るんだ。コドラの様子も見ておいてくれ。よく眠っているようだけれど」

上官に朝食の準備をさせてしまったことに青ざめつつ、まずは居間に向かってコドラの様子を確認する。コドラは昨晩見た姿のまま、暖炉の前でダリオのマントにくるまり眠っていた。もうすっかり朝日は昇っているので、さすがにそろそろ目覚めるかもしれない。

コドラの体にマントをかけ直していると、アルバートが朝食を手に居間にやってきた。

厚く切ったパンに野菜のスープ、さらにベーコンを敷いた目玉焼きがテーブルに並べられ、ダリオは昨日から抱いていた疑問を口に乗せた。

「……アルバート様は使用人を雇っていないのですか？」

こうして家を持ち、安定した収入も得ているアルバートなら使用人の一人や二人雇っているのが普通だろうに、家の中にそうした人々の気配はない。朝から台所で野菜を刻むアルバートの姿など想像もできないが、実際テーブルの上ではスープが湯気を立てている。

「一時期使用人を雇っていたこともあるんだが、何かと面倒でね」

アルバートは配膳を終えて席に着くと、ダリオにも座るよう促した。

「男女ともに雇ったことがあるが、どちらからも色目を使われた。それが面倒でやめたんだ。料理はさほど苦にならないし、洗濯なら家に使用人を置かなくとも人に頼める。朝晩暖炉に火を入れるのが手間だが、それ以外は特に不便もない」

アルバートの向かいに腰を下ろし、ダリオは納得顔で頷いた。これほど美しい主人と四六時中一緒にいれば、使用人がよろめくのも当然だ。

テーブルの中央に置いたボウルからスープを取り分け、アルバートはのんびり尋ねる。

「君こそ田舎にいたときはどうしてたんだ？　あの辺りは流通事情も悪いだろう。きちんと食事はできていたか？」

ダリオは両手で恭しくスープを受け取り、生真面目に頷いた。

「あちらでは、あるものを適当に食べていました。森に入れば草でも木の根でも食べられるものはいくらでもありますし、鳥やウサギもたまに獲れましたから」

「卵やパンなんかはどこから調達を?」

「そういうものは滅多に食べられませんでしたが……」

村には鶏を飼っている者もいたが、卵は貴重なたんぱく源だ。滅多に口にすることはなかった。小さな村ではかまどの数も限られていて、毎日村人全員が十分食べられるだけのパンを確保することも難しい。それでもたまには村人から分けてもらうこともあったと呟けば、アルバートが興味深げに身を乗り出してくる。

「どうやって分けてもらったんだ?」

「どう、と言われましても。薪割りや、家の補修を手伝った礼にもらっただけです」

「薪割りに家の補修……、それは相当に優遇されてるぞ。その程度の労働で卵やパンを分けてくれるなんて、もしかすると相手は年若いお嬢さんじゃなかったか?」

「確かに、そうですね」

今気づいた、と言いたげな顔をするダリオを見て、アルバートが苦笑を漏らす。

「色目を使われていた自覚もないか」

「自分に色目を使う者がいるとは思えませんが」

「君は本当に自覚が乏しいな」

アルバートは呆れ顔でダリオの顔を眺め、目を眇める。

「こうして見ると、実に精悍な顔立ちの青年だ。立ち姿もいい。無口で武骨だが親切だ。剣の腕も立つ。若い娘が放っておかないだろう」

「ご冗談を」

ダリオは唇に礼儀的な笑みを浮かべてスープを口に運ぶ。

頭から相手の言葉を信じていないその顔を見て、アルバートは眉を上げる。

「気をつけてくれ。男だって君を放っておかないぞ」

「そうですね。夜道で妙な輩に絡まれないよう気をつけます」

「……喧嘩を吹っかけられるとかいう話じゃないからな?」

ダリオはいったんスプーンを置くと、唇に浮かべた笑みをはっきりしたものに変えた。

幼い頃からアルバートと同じ騎士になることしか頭になかったせいで、自分が世間の常識に疎いという自覚はある。理解できない会話は下手に質問をするより笑って頷いておいた方がスムーズに進むというのは、ダリオが身につけた数少ない処世術だ。

アルバートは何か言いたげな顔をしたが、暖炉の前で眠っていたコドラが起きてきて会話が途切れた。コドラは欠伸をしながら暖炉を離れ、ダリオの足元までやってくる。ダリオが手を伸ばすと、猫のように軽やかに跳躍して腕にしがみついてきた。膝に乗せてやると満足そうに体を丸くする。ほとんど猫だ。

「コドラの食事はどうする？」

「町の外で適当に獣を狩ってきます。コドラが馬車を襲ったりしても困りますし」

「村にいた頃はどうしてたんだ？」

「近くの森に連れていけば、自分で鳥や小動物を捕まえて食べていましたよ」

「そうか……。じゃあ、今日のところは肉屋で鶏でも買おう。二羽もいればいいか」

　無一文で王都までやってきたダリオは急な出費に慌てたが、アルバートは「俺が払う」と気にしたふうもない。

「食事のたびに城壁の外に出るのも大変だ。狼相手じゃ怪我をすることもある。それに、国王もドラゴンは是が非でも手元に置いておきたいだろう。ドラゴンを飼育するための経費なら正式に国から下りるはずだ。書物によれば、成長したドラゴンは一度の食事で二頭の牛を食らうようになるらしいからな。個人で扱いきれる代物じゃない」

　ドラゴンに関する文献を漁っていただけあってアルバートはその手の知識に詳しい。

　まだ眠たげに舟をこいでいるコドラを膝に乗せたまま食事を終え、ダリオとアルバートは二人して台所に立った。後片づけくらいはすべて引き受けたかったが、他人の家は勝手がわからず、結局アルバートに指示を出してもらうことになる。

「せっかく王都に戻ってきたんだ。何かしたいことはないか？　今日は俺も非番だし、つき合うぞ」

ダリオの手を借りるまでもなく手早く皿を洗い終えたアルバートが気楽に尋ねてくる。

ダリオもせめて濡れた皿を拭きながら、そうですね、と目を伏せた。

「……手合わせをしたいです」

「真面目だな。俺の前だからって騎士らしく振る舞うことはないんだぞ？」

冗談だとでも思ったのかアルバートは笑ったが、ダリオは真剣な顔で首を横に振る。

「田舎の山小屋では、剣を斧に持ち替えて生活してきました。そのうち剣の握り方も、貴方に教えてもらった剣捌きすら忘れてしまうのかと思ったら怖かったんです。どうかもう一度稽古をつけてください」

皿を両手に持って深く頭を下げようとしたが、横から伸びてきた腕に腰を抱き寄せられる方が早い。

「構わないが、足腰に力が入るのか？」

大きな掌で労わるように腰をさすられ、昨晩のことを思い出し耳が赤くなった。

「……そこまでやわではありません、ので」

「そうか。さすが俺の伴侶は強いな」

楽し気に笑いながら頬にキスをされ、ダリオは皿を握りしめて立ち尽くす。この甘ったるい雰囲気にはまだしばらく慣れそうもない。

「心配しなくとも、賊と応戦していた姿を見た限り腕はなまっていないように見えたが。

それより、どうしてあのとき長剣を持ってたんだ？　君の得物は大剣だろう？」

思いがけない指摘に肩が強張る。アルバートが言う通り、王都にいた頃ダリオが使っていたのは一般的な長剣より幅が広く重量もある大剣だ。本来なら両手で持つそれを、当時は片手で振り回していた。

王都を去るとき一本だけ剣を持っていくことが許されたのは、騎士団からの最大の慈悲だった。恐らくその剣を売って生き延びろということだったのだろうが、ダリオはそれを後生大事に保管していた。

「どうして大剣じゃなく長剣を持っていったんだ？　大剣だと持ち重りするからか？」

ダリオは黙って皿を拭く。下手に言い訳をすると墓穴を掘るだろうと口をつぐんだのだが、アルバートが黙って見逃してくれるはずもない。

「隠しごとか？　俺にも言えない重大な秘密が？」

強く腰を抱き寄せられたと思ったら、頬や耳元にキスが降ってきた。肩を竦めて逃れようとしたが唇は首筋にまで下りてくる。柔らかな吐息に首を撫でられると妙な気分になってきて、ダリオは仕方なしに口を割った。

「貴方が、長剣を使っていたので……会えなくなるなら、せめて同じ武器だけでも手元にと」

キスを繰り返していたアルバートがぴたりと動きを止める。我ながら女々しい理由だ。

呆れられたかとその顔を窺うと、真顔でアルバートに見詰め返された。

「……君な、朝からまたベッドに連れ込まれたいか？」

「え？　い、いえ、もう十分睡眠はとりましたので……」

「本気で言ってるのか。駆け引きも知らずにそんな殺し文句を口にするなんて恐ろしい男だな。抱き潰すぞ」

口早にまくしたてられ、うろたえているうちにキスで唇をふさがれた。よほど気に障ることでも言ってしまったかと抵抗しないでいると、キスは際限もなく深くなる。

主人の危機を察したコドラが台所にやってきてアルバートの足に噛みつかなければ、本当にまたベッドに連れ戻されていたかもしれない。


朝食の後は早速外出することになったのだが、コドラを家に置いていくのも不安なので一緒に連れていくことになった。コドラをダリオのマントで包み、持ち手のついた大きなバスケットに入れて外に出る。

まずはダリオの望み通り、城内にある兵舎に向かった。兵舎の脇にある訓練場なら手合わせができる。

兵舎にはまだ自分の家を持てない年若い隊員たちが寝泊まりしていて、ダリオたちが来ると揃って歓迎してくれた。

コドラはバスケットに揺られているうちにまたうとうとしてきたようで、バスケットごと日向に置いておくとその中で大人しく寝息を立て始めた。

ダリオとアルバートは鎧をつけず、剣を鞘に納めたまま手合わせを始める。

ダリオが手にしたのは大剣だ。久々に構え、握りしめた柄の感触に胸が熱くなる。とはいえさすがに以前のようには扱えず、剣の重さに体が振り回された。

「二年のブランクは感じさせないが、少しなまっているのは確かかな」

対するアルバートは、ダリオが渾身の力で振り下ろした重たい一撃を片手で受け切り、笑顔も崩さず評価を下す。ダリオは顎先から汗を滴らせているのに涼しい顔だ。踏み込んで横に薙ぎ払ってみても切っ先はアルバートに届かない。逆に剣を振り抜いた隙を衝かれ、懐にアルバートを招き入れる羽目になった。

「大振りすぎる。一撃で仕留めないと」

アルバートが剣を振る。余計な力の入っていない剣の軌跡は美しい。ひゅっと空気を切る音がして、後ろに飛び退る暇もなく喉元に切っ先が当てられていた。

ダリオはごくりと喉を鳴らし、参りました、と言って剣を地に落とした。本気で挑んだダリオは汗だくだが、アルバートは子供と戯れた程度で息ひとつ乱していない。

二人の手合わせを見守っていた隊員たちも、一区切りついたと見るやわらわらと周囲に集まってきた。体のなまりを厳しく指摘されるのかと思いきや、なぜか全員ニヤニヤと笑っている。どうやら今の手合わせよりも、昨日のプロポーズの詳細が気になるらしい。

「隊長、プロポーズ成功おめでとうございます。で、これからのご予定は？」

　今後のことを問われ、アルバートは笑顔で応じる。

「ダリオは俺の家に住んでもらう。近く結婚式も挙げるつもりだから皆出席してくれ」

　式まで挙げるのか、と目を丸くするダリオを置いてけぼりに周囲から歓声が上がった。

おめでとう、と口々に祝福されたがどんな顔をすればいいのかわからない。名実ともにアルバートの伴侶になれるのは幸福なことだが、アルバートが本心からそれを喜んでいるかはわからないのだ。ドラゴンを手に入れるために結婚をするなら、内心苦々しい気持ちで一杯だろう。ちらりとアルバートの顔色を窺ってみたが、その横顔には完璧な笑みが浮かぶばかりで胸の内が見えなかった。

　手合わせを終えて城を出ると、今度は青物通りに足を向けた。肉屋で丸々と太った鶏を二羽買い、買い物を終えてから家へ持ち帰ることになった。さすがに公衆の面前でコドラの食事シーンを晒(さら)すのは憚(はばか)られる。

「君のものも買っておこうか。服なんかも必要だろうし、雑貨通りに行こう」

　アルバートの提案で人通りの多い通りを並んで歩く。向かいからやってくる人の視線を追えば、女性たちがちらちらとアルバートを見ているのがわかった。畏怖の表情を滲ませて目を伏せる者もいるが、怖いもの知らずの若い娘は頬を赤らめ、すれ違ってからわざわざ振り返ってまでアルバートを見ている。

ダリオも横目でアルバートを見る。戦場で返り血を浴びながら凄艶に笑う姿は鳴りを潜め、口元に笑みを浮かべてゆったりと歩く姿はまるで貴族だ。若い娘の視線を奪っていくのも当然だと思っていたら、前を向いていたアルバートが視線だけこちらによこした。

「凄い注目だな？」

さすがに女性陣の視線に気づいていたらしい。相変わらずですねと返そうとしたら、アルバートに腕をとられて引き寄せられた。

「皆君を見てる。君が王都に戻ってくるのを今か今かと待っていたお嬢さんたちだ」

互いの肩がぶつかるほど体を寄せ、わざと耳元で囁いてくるアルバートに目を瞠った。

まさか、と呟けば「本当に無自覚なんだな」と苦笑される。

「第六部隊の中でも君はすこぶる人気があったんだぞ。無口だが親切で浮ついたところがないからな。君がこの地を去るとき、一体何人の女性が涙を呑んだか」

「からかわないでください。見られているのは貴方です」

間近にあるアルバートの顔を直視できずに俯けば今度は肩を抱かれた。体が前より密着する。

「俺は化け物のような目で見られるのがせいぜいだ。熱っぽく見詰めてくれるのは君くらいのものだよ」

「そんなはずはありません。さっきすれ違った女性だって、わざわざ振り返ってまで貴方を目で追っていたのに……」

「よく見てるんだな。焼きもちか」

笑いを含んだアルバートの声が前髪を揺らす。からかわれているのかと横目を向ければ、思いがけず真剣な顔がすぐそこにあった。

「俺は妬ける。俺以外の人間が君を見ているだけで平静でいられない」

冗談にしては声が熱を帯びている。どんな返事をすればいいのかわからないでいると、ふいにアルバートの目元が緩んだ。

「だから式を挙げるまで目一杯牽制しておこう。君は俺のものだ」

言葉と共に、頬に軽やかに口づけられた。

日中の往来でそんなことをされたダリオは飛び上がるほど驚いて、周りの反応を見ることもできず深く俯いてしまう。だからダリオはわからない。本当にダリオ自身が女性たちの視線を集めていたことも、アルバートの牽制が正しく威力を発揮したことも。

ダリオの服や日用品など、当面必要なものを買い揃えると結構な荷物になった。帰る前にどこかで休憩していこうと、今度は教会通りへ足を向ける。

教会通りには賑やかな市が立っていて、青物通り以上の混雑だった。通りの両脇には露店が並び、野菜や果物、香辛料や外国の珍しい動物なども並んでいる。

「今日はちょうど大市の日なんだ。ここで何か食べていこうか」

人でひしめく大通りには、食材だけでなく料理を売っている露店もあるようで、肉の焼ける匂いやチーズの溶ける匂いが辺りに漂っていた。町角では大道芸人が歌を歌ったりマジックを披露したりして人だかりができている。年に数度開かれる大市の華やかな喧騒はアンテベルトの名物と言ってもいい。

王都で生活していたときはダリオもこの大市を少なからず楽しみにしていたものだが、二年も静かな村に引きこもっていたせいで人酔いを起こしそうだ。息苦しさから逃れるように深呼吸をすれば、すぐにアルバートが「広場に行こうか」と声をかけてくれた。

教会の前の広場には簡素なテーブルとベンチが並び、その周囲ではパンやハム、ソーセージ、ワインなどを売る売り子たちが歩き回っていた。さながら青空酒場といった風情だが、まだ日も高いのでテーブルには女性たちの姿も見受けられる。

空いている席に座ると、すぐにパンやチーズ、ワインを持った男たちがテーブルに群がってきた。アルバートは慣れた調子でパンやソーセージを頼み、ダリオには水を、自分はワインを受け取って支払いを済ませた。無一文のダリオは深く頭を下げる。

「報賞を得たらすぐにお返しします。今日のところは申し訳ありませんが」

「夫婦なのに随分と他人行儀なことを言うんだな？」

アルバートはおかしそうに笑ってコップを掲げる。ダリオも水の入った器を掲げ返したものの、顔の曇りは隠せない。アルバートの本心もわからなければ夫婦のありようもわからないのだ。孤児だったダリオは、家族というもの自体よく理解していない。

本当にアルバートと夫婦になれるのだろうかと不安になるダリオをよそに、午後の日差しはうららかだ。バスケットの中ではコドラが丸まり寝息を立てている。

広場に満ちる平和な喧騒がさざ波のように押し寄せる。妙に現実感がなくアルバートの様子を窺えば、パンを皿代わりにしてハムを食べていたアルバートもこちらを見た。

目が合うなり、目尻を下げて笑いかけられる。どうしたんだ、と尋ねる声は他の隊員に対するそれとは違う響きを伴って、ああ、とダリオは小さな声を上げた。

(溺れそうだ)

こんなにもわかりやすくアルバートに特別扱いされてしまったら、上官と部下という元の関係には戻れない。もう一度この眼差しを向けてもらうためなら、自分はなんでもするだろう。すっかりアルバートの手管に溺れている。

相手は自分より何枚も上手だ。のめり込まないように、などと警戒するだけ時間の無駄なのかもしれない。それよりひと時の幸福を堪能すべきではと思い直し、ダリオは姿勢を正してアルバートに尋ねた。

「アルバート様は、なぜ自分を伴侶にしようと思われたのですか?」

　無論、ドラゴンが目当てであることは知っている。だが賢いアルバートが正直にそれを白状することはないだろう。一体どんな言い訳を用意しているのか興味が湧いた。嘘でもいいから、焦がれた相手に甘い言葉を囁かれたい。

　アルバートは少し驚いたような顔をして、視線を斜め上に飛ばした。午後に入って日が傾きだし、空に浮かんだ雲は蜂蜜色に光っている。

　残りのパンを口に放り込み、ワインで流し込んでアルバートは笑う。

「少しばかり、照れ臭いんだが」

「でも聞きたいです」

　食い下がると、アルバートはテーブルに頬杖をついて心底嬉しそうに目尻を下げた。

「ようやく恋人同士みたいな会話になったな」

　蕩けた表情に目を奪われる。

「君がなかなか部下としての態度を崩してくれないから、恋人をすっ飛ばしてプロポーズしたことを少し悔やんでいたんだ。でも、そうだな、挙式もまだなんだし、今は恋人と言った方がふさわしいかな」

「……そ、そうですね。その、どちらでも構いませんので、理由を……」

　甘ったるい声で囁かれ、ダリオの方がしどろもどろになってしまう。

　日に焼けた頬に血を上らせるダリオを愛しげに眺め、アルバートはダリオに手を出すよう言う。言われるままテーブルの中央に手を出すと、向かいからアルバートの手も伸びてきて、互いの手を重ねられた。

周りにはたくさんの人がいて、食べ物を売りつけようとする男たちが鵜の目鷹の目で各テーブルを回っているというのに、他人の視線など気にした様子もなくアルバートはダリオの手を握りしめた。

「君を初めて見たときのことを覚えてる。毒見係として城に呼ばれていただろう」

重ねた手の温かさに鼓動が乱れ、アルバートの顔を直視することもできずテーブルに視線を落とした。

「アルバート様から初めて声をかけられた、あのときですか」

「いや、もっと前だ。君たちが台所の隅で毒見をしているところを見た」

いつの間に、と思ったが思い出せない。あの頃は城の台所に入ると食事のことで頭が一杯になってしまって、周りを見ている余裕もなかった。

ダリオのような毒見係は、親もなく町でたむろしている子供の中から選ばれることが多かった。声をかけられた子供たちは城の裏口に集められ、台所の隅の冷たい石床に並べられた料理を食べて異常がないか確認するのだ。

集まる子供は皆飢えていて、料理はしばしば奪い合いになった。万が一毒に中った子供がいても、どの料理に毒が入っていたか判断がつかなかったくらいだ。指先に触れたものは手あたり次第引き寄せて、誰かに奪われる前に口にねじ込んでいた。

残飯に群がる獣のような有り様を見られていたのかと思うと羞恥に焼き殺されそうだったが、こちらを見るアルバートの顔は凪いでいて、同情も嫌悪の表情も浮かんでいない。

「たまたま俺もその場に居合わせていたんだ。集められた子供の中で、君は一番体が大きかった。他の子供が食事に群がろうとするのを、体全部を使って阻止してたな。あの頃から体術のセンスはあった」

よほど浅ましい姿だっただろうと思うとこの場から逃げ出したくなったが、アルバートはダリオの手を掴んで離そうとしない。

「てっきり君が料理を独り占めするつもりだと思ったんだ。悪いことじゃない。力のある者が生き残るのは世の摂理だ。でも君は、すぐに料理に手をつけようとはしなかった。皿に鼻を寄せて、ひとつひとつ匂いを嗅ぎ始めたんだ」

一通り匂いを確認すると、ようやくスプーンを持って料理を口に運んだ。随分と用心深いものだと興味深く眺めていたが、ダリオの奇妙な行動はさらに続く。料理を一口しか食べないのだ。

一口一口難しい顔で味わって、すべての料理を口に運ぶと、ダリオは背後に控えていた子供たちを手招きした。食べていい、というようにダリオに頷かれた子供たちは、我を忘れて料理に飛びついていた。

「あれは毒見をしていたんだろう?」

話を聞いているうちに、ダリオも当時のことを思い出してきた。そういえば城で料理を前にしたときは一通りそんなことをしていた覚えがある。

アルバートは目を伏せて、指先でそっとダリオの手を撫でた。

「他の子供たちは、どんな目的で自分が城に呼ばれたのかよくわかってなかったんだろう。ただ食事がもらえることしか頭にないようだった。でも君だけは自分の役目をきちんと理解して、全うしていた。貴族たちのためだけでなく、他の子供たちのためにまで率先して毒見をしたんだ」

「そ、そんな大層なことでは」

「いいや、子供ながらに賢明な判断だった。闇雲に料理を口に入れたわけではなく、事前に匂いで毒の有無を確かめていたのも感心した」

指先で手の甲を撫でられ、こそばゆさに肩を竦める。

「子供の頃はよく山に入っていたので、毒草の知識が多少あっただけです。毒のある野草やキノコをうっかり口にして痛い目に遭ったこともありますし、おかげで少し耐性もついて、だから物怖じせずに料理を口にできただけで……」

「命に別状はない、と匂いで確信したから口にしたんだろう?」

「はい、毒草は独特の匂いがしますから」

落ち着きなく指先を動かしていたら、動きを封じるようにアルバートが互いの指先を絡ませてきた。

「勇敢と無鉄砲は違う。自分の命を粗末にしないところが気に入った。その上で、他人を守ろうとするところも騎士にぴったりだと思ったんだ。だから日を改めて君に声をかけた」

ダリオは驚いてアルバートの顔を見詰め返す。アルバートがどうして自分に声をかけてくれたのか長年不思議だったのだが、そんな経緯があったのか。

アルバートはダリオの手を握りながら、でもな、と急に深刻な顔になる。

「他人の盾になる姿を見染めたのは本当だが、クリスの件を見て考え直した。君は少し情に厚すぎる。戦場で命のやり取りをするのなら、もっと非情に徹してもいいくらいだ」

アルバートの目がダリオの右腕に注がれる。シャツの袖口から見え隠れする深い刀傷を見ているのだろう。今更隠すこともできず「善処します」と返せば、アルバートの口元に諦めたような笑みが浮かんだ。

「しかし君のそういうところも好ましいから悩ましい」

甘やかすような目で見詰められ、ダリオはとっさに顔を伏せた。王都に帰ってきてからというもの、これまで見たことのなかった甘い顔ばかり見せられてアルバートとの距離感が狂ってしまいそうだ。こんなの本物の恋人同士のようではないか。

ドラゴンを確実に手に入れるための偽装結婚のはずなのに、昔話まで掘り返されて胸が疼く。アルバートが随分前から自分に目をかけてくれていたことを知り柄にもなく浮かれた。おかげでろくに返事もできないダリオをよそに、アルバートは機嫌よく話を進める。

「王にも早く婚約の報告をしないとな。こう見えて俺も面倒な立場で、王の承認なしには結婚もできないんだ。婚姻の承諾を得たら早々に式を挙げよう。この教会で」

広場の向こうにそびえる教会を視線で指して、アルバートは楽しみで仕方がないと言いたげに目を細める。演技とは思えない表情に目を奪われていたら、つないでいた手を持ち上げられた。

「戦場ではこれまで以上に怪我に気をつけてくれ。間違ってもここを切り落とされないように」

左手の薬指にキスをされる。まるで王女の手を取って口づけるような恭しさに顔が熱くなった。同時に周囲から黄色い声が上がって、ようやく女性たちが遠巻きに自分たちを見ていたことに気がついた。慌てて手を引こうとしたが、アルバートはむしろ見せつけるようにダリオの手の甲にも口づけ、にっこりと笑う。

力任せに振り払うこともできず硬直していると、背後から呆れたような声が響いた。

「美男子二人が昼日中からイチャイチャしすぎだ。ご婦人方の目に毒だぞ」

振り返れば、ダリオの背後に金髪碧眼の背の高い男が立っていた。見覚えがあると思ったら、騎士団第三部隊の副団長、エリックである。

下位部隊の習い性で、上位部隊の人間とわかるや立ち上がって最敬礼をしようとしたが、アルバートに手を引かれて止められた。

「エリック相手にそうかしこまる必要はないだろう。お前も、せっかくのデートの邪魔をしないでくれないか」

アルバートは上位部隊のエリックを頓着なくお前呼ばわりする。対するエリックも気分を害した様子はなく、人好きされる顔で笑ってダリオの隣に腰を下ろした。

「おい、誰がそこに座っていいと言った」

アルバートが尖った声を出してもエリックは動じない。「俺も何か食っていこうと思ってたんだ」などと笑って売り子の男性を呼びつけるので、アルバートは苦々し気な顔でダリオの腕を引いた。

「ダリオ、こっちに来るんだ。そいつの隣にいると何をされるかわからん」

「人を節操なしみたいに言うなよ。お前じゃあるまいし」

エリックはからからと笑ってワインを買っている。

コドラが寝ぼけてエリックに牙を剝かぬよう、念のためバスケットを持ってアルバートの隣に移動して、ダリオは二人の様子を窺い見る。

第三部隊は副隊長がエリック、隊長がエリックの父親で、親子二代にわたって隊を率いている。エリック自身由緒正しい貴族の家柄でありながらあまり気取ったところがなく、下位部隊の隊員たちとも分け隔てなく接してくれる稀有な人物だ。アルバートとは年が近く、折に触れて飲みに行ったりもしているらしい。アルバートの剣の腕も認めていて、このまま下位部隊でくすぶらせておくのは惜しいと、第三部隊の副隊長の座をアルバートに譲ろうとしたことまであった。最早親友と言ってもいい仲だ。

「で、随分楽しそうに何をお喋りしてたんだ？」

早速運ばれてきたワインを掲げながらエリックが尋ねる。追い返すことは難しいと諦めたのか、アルバートも追加でワインを買った。

「毒見係の話をしていたんだ。昔城にいただろう、貴族の料理を毒見する……」

「ああ、お前が城から追放した？」

唐突に穏やかでない言葉が飛び出した。なんの冗談かとアルバートを見るが、こちらも平気な顔で「そうだな」などと頷いている。

説明を求めてその横顔を凝視していると、ごく自然な仕草で腰を抱き寄せられた。

「城で毒見役をしていた男は、自分が毒見をするという名目で城に入り込んだんだ。でも実際には子供たちに毒見をさせて、貴族からの報酬はすべて自分の懐に入れていた。だから第六部隊の隊長になってすぐ王にかけ合っただけだよ。己の命を賭すこともせず報酬だけ得ている役人など今すぐ城から追放すべきだと」

「そんなことが……」

「あの男に限らず、城には堕落した貴族や役人が多かったからな。戦で戦果を挙げるたび、報賞の代わりに目に余る者を城から追放していただいた。新王はそんな回りくどいことをせずとも進言すればすぐ動いてくださるからありがたい」

アルバートに腰を抱き寄せられ、ぴったりと半身を寄せ合う格好になってしまったダリオはしどろもどろに返事をする。向かいに座るエリックの目が気になったがアルバートはお構いなしだ。お喋りをしながら髪に唇まで寄せてきた。

「アルバート、俺にまでそんなに見せつけなくてもいいだろ。心配しなくてもお前の恋人にちょっかいなんて出さないぞ」

ワインを飲みながら呆れ顔でエリックは言うが、アルバートはダリオの腰に回した腕をほどかない。

「嫌なら他の席へ行ってくれ」

「そんなに執着してるとダリオに愛想尽かされるぞ。なあ、ダリオ?」

「いえ、自分は特に……問題ありません」

「見ろ、ダリオは構わないそうだ」

アルバートは相好を崩し、いよいよダリオの頬にまでキスをしてくる。その様子を見ていたエリックは両手を上げ、つき合っていられないとばかり天を仰いだ。

「アルバートがここまで執着する相手がいるとは思わなかった。お前が部下にプロポーズしたって噂を聞いたときは信じられなかったが、その様子だと本気か」

「もちろんだ」

真顔で頷くアルバートに肩を竦め、エリックはダリオの方へ身を乗り出してくる。

「で、昨日はアルバートの家に泊まったんだろ？　どうだった、悪魔との初夜は」

姿勢を正して二人の会話に耳を傾けていたダリオは、突然出てきた単語に首を傾げる。

「悪魔、ですか」

「そう、美貌の悪魔。この辺じゃ有名な渾名だ。悪魔のように美しく、悪魔以上に冷酷だってな。同じ相手とは二度ベッドを共にしないって有名だぞ？　この色男にどれほどの男と女が泣かされたことか」

「エリック、人聞きの悪いことを言うんじゃない」

「本当のことだろ？」

悪友めいたやり取りをする二人を見てほっと胸を撫で下ろせば、エリックに不可解そうな顔を向けられてしまった。

「今のやり取りでなんでほっとしてるんだ？　嘘でも焼きもちぐらい焼いてやらないとアルバートが拗ねるぞ。それとも唾つけた相手には興味なくすタイプ？」

「いえ、まさか、違います、自分は——」

弁解すべく慌ててアルバートに顔を向けると、待ち構えていたようにキスをされた。

エリックがソーセージを齧りながら「もうお前らいい加減にして？」とぼやいているが赤面するダリオの耳には入らない。アルバートは拗ねるどころか蕩けるような笑みを浮かべ、ダリオの頬を一撫でした。

「悪魔なんて言われたから、また俺が査問にかけられたとでも思ったんだろう？」

悪戯っぽく囁かれ、ぎくしゃくと頷いた。エリックだけが話についていけない顔で、「なんだよ査問って」と身を乗り出してくる。

「言葉の通りだ。前に査問委員会にかけられたことがある」

「アルバートが？　えっ、何それ、初耳」

「本物の査問ではないからな。酒の席の戯れだ」

「一体どういう罪に問われたわけ？」

「下らなすぎて忘れた」

「ここまで言っておいて引っ込めるなよ。ダリオ、お前は知ってるんだろう？」

エリックが好奇心丸出しの顔でダリオに迫る。仮にも上位部隊の副隊長に言えと迫られれば黙っているわけにもいかず、端的にダリオは答えた。

「美しすぎるし、強すぎる。人ではない、魔性の者だ、と」

面白がる顔だったエリックの顔から笑みが引いた。本当か、と言いたげな目を向けられたアルバートは、何も言わずに肩を竦める。

「さすがに酷いな」

「単なるやっかみです」

「それはそうだ。そんな馬鹿な理由で査問なんて開いたのはどこの連中だ？」

「第五部隊です」

「ああ、ジーノ隊長のところの……」

苦々し気な顔でワインを飲んで、エリックは何かに気づいたようにアルバートを見た。

「そうか、だからお前躍起になってジーノ隊長のこと除名に追い込んだんだな？　皆して
お前のことを『不正を許さない高潔な方』とか言ってたけど、結局私怨だったか！」

「躍起になったのは本当だが、自分のためじゃない。ダリオを王都に呼び戻すためだ。彼
の無実を証明するために、言い逃れができないくらいジーノを追い詰める必要があった」

ダリオの腰を抱いたまま、アルバートはもう一方の手でダリオの手を取った。

「あの査問で、唯一俺を庇ってくれたのは君だったな」

「え、上位部隊の隊長にたてついたってこと？」

騎士の序列は絶対だ。自身の上官にすら逆らうことは許されず、上位部隊の隊長ともな
れば絶対服従を強いられる。口答えなどもってのほかだ。よく命があったものだと言いた
げな視線を向けられ、ダリオは渋い顔で眉間に指を当てた。

「……あいにく自分は、何も覚えていないのですが」

「だろうな。あのとき君は前後不覚になるほど酒を飲まされていたから」

労わるようにダリオの手を撫で、アルバートは口の中で「あの狸め」と呟く。

「アルバート、やっぱりお前半分くらい私怨だっただろ」

「私怨で悪いか。彼のためならなんでもする」

「開き直るなよ。ていうか目が怖い。おいダリオ、お前とんでもない奴に目をつけられた自覚あるのか？　きっと一生逃がしてもらえないぞ」

「身に余る幸福です」

「おお、お前もなかなか頭のねじが飛んでるな？」

エリックはしげしげとダリオを眺め、難しい顔で首を傾げた。

「にしても、よくプロポーズを受けたな。アルバートに会うのは二年ぶりだったんだろ？　一晩一緒にいても気が変わらなかったってことは、よっぽど初夜がよかったのか？」

「……お前、まだその話を続けるのか」

アルバートは呆れた様子だったが、ダリオは素直に首を縦に振る。

「お？　やっぱり体でほだされたってことか？」

「いえ、そういうわけではなく、以前からお慕いしておりましたので」

「なんだ、じゃあ別に初夜でめろめろにされたわけじゃなく？」

「めろめろにはされましたが」

されたの！　とエリックは手を叩く。ダリオが馬鹿正直に返事をするのが面白くてたまらないらしい。悪乗りして身を乗り出してくる。

「え、強引にされた？　優しくされた？」

「大変優しくしていただきました。終始こちらの体を気遣ってくださって」

「もしかして、もっと強引でもよかったとか思ってる？」

「そうですね、昨日は随分と手加減してくださったようですので。もっと好きにしていただいても……と言いたいところですが、まだ自分が不慣れなものですから」

ほほう、と呟き、エリックはアルバートに視線を向ける。

「ダリオは肩を抱かれるだけで顔を赤らめるくらい初心(うぶ)なのに、こういう話をするときは全然照れないんだな？」

「戦況報告でもしている気分なんだろう」

「面白すぎる。それに真面目な顔で閨(ねや)の報告をされるとちょっと興奮する」

「不埒(ふらち)な目で彼を見るなら目玉を抉(えぐ)るぞ？」

アルバートの唇に仄(ほの)かな笑みが浮かぶ。白い顔に赤い唇が際立って、戦場に立っているときと同じ表情になった。殺気立った表情に顔を青くしたのはダリオだけで、エリックはアルバートの射るような視線を鼻先ひとつで笑い飛ばす。

「お前その調子でこの先大丈夫か？　ダリオは結構モテるんだぞ？」

ダリオが「まさか」と言う声と、アルバートが「知ってる」と応じる声が重なり、正反対の反応にエリックが声を立てて笑う。からかわれているのか、それともエリックが何か勘違いしているのかわからず、ダリオは生真面目な顔で言った。

「少なくとも、女性から声をかけられたことはありません」

エリックはなおも笑いながら、だろうな、と顎を撫でる。

「ダリオはどちらかと言うと、男にモテるタイプだな」

「女性らしいところなど欠片もない自分が、男にですか？」

エリックは目を眇め、ダリオの顔を左見右見して頷く。

「目がいいな。まっすぐで、警戒心が強そうで、人の手に慣れてない獣みたいだ。そういうのを懐かせてみたいと思う気持ちはわかるぞ。姿勢もいい。筋肉はついてるが、あんまり体のラインがゴリゴリしてなくてしなやかだ。体つきに女とは違う色気があるし、口調も表情も滅多に崩さないストイックなところもそそる」

「エリックやめろ、そろそろお前の舌を引き抜きそうだ」

いよいよアルバートの声から抑揚が消えた。しかし怖いもの知らずのエリックは「本当のことだろ」と悪びれもしない。

「実際のところ、騎士団でもダリオを狙ってた奴は多いぞ。それも軽い気持ちでちょっかいかけるっていうより、ガチの連中ばっかりだ。ダリオが王都に戻ってくるって聞いて皆そわそわしてたのに、帰って早々にお前がプロポーズしちまうから昨日の酒場は酷かった。見たこともない愁嘆場になってたぞ」

ダリオは無言でエリックの言葉に耳を傾ける。正直に言うと、何を言われているのかよくわからなかった。アルバートに想いを寄せていた者が酒場で管を巻くのならわかるのだが。もしかするといつの間にか自分ではなくアルバートの話になっていたのだろうか。

一方のアルバートは深刻な顔だ。額に手を当て、そうだろうな、と低く呟く。

「近々そちらにも牽制に行こう。酒場にも行きたいが、君は酒が飲めないからな」

「お言葉ですが、少しくらいなら自分も……」

「中途半端に酔った君の姿を他の連中に見せたくない。あれこそ目に毒だ」

「わかったからお前ら早めに結婚式挙げて、くすぶってる奴らに引導を渡してくれよ」

放っておくとすぐに甘ったるい雰囲気になってしまう二人の会話を止め、エリックは表情を改める。

「ところでさっき、ジーノ隊長の名前が出ただろ。第五部隊の元隊長。あいつ、まだ王都の周りをうろうろしてるらしいぞ」

ジーノの名前が出ただけで、アルバートの表情が三割増しに険しくなった。

「一ヶ月も前に王都を追放されたのにまだこの近くにいるのか？」

「まだまだ王都に未練たっぷりなんだろ。それに、お前のことも逆恨みしてる。外に出るときは気をつけろよ。腐っても元第五部隊隊長だ、その辺の賊をまとめ上げて襲いかかってくるかもしれないぞ」

「問題ない、返り討ちにしてやる。なんなら城の周辺を回ってこちらから炙り出してやってもいい」

「自分もお供します」

ダリオが会話に参加すると、たちまちアルバートの目元がほどけた。

「ありがとう。万が一ジーノを見つけたら、一応生かしておくように」

「……善処します」

ジーノには散々煮え湯を飲まされている。特に、酔った勢いでアルバートを査問にかけたことは許しがたい。表情を固くすればアルバートに笑われた。

「難しければ俺がやろう。うっかり命ごと刈り取っても、俺ならいくらでもごまかせる」

「それなら安心です」

「何が安心なんだよ、こんな怖い夫婦嫌だよ、俺」

さすがにげんなりした顔で呟いて、エリックがワインの入った器を空にする。

「思った以上に見せつけられて胃もたれしそうだ、帰る」

「勝手に割り込んできたくせに散々な言い草だな。とっとと帰れ」

アルバートは手でエリックを追い払うような仕草をするが、口元には親しげな笑みが浮かんでいる。遠慮のないやり取りは二人が親密な証拠だ。

エリックがベンチから立つと、それまで大人しく眠っていたコドラがマントの中からもぞもぞと顔を出した。午後の日差しに目を細め、眠たげに欠伸をする。

「お、それが噂のドラゴンか！」

「触るなよ。火を噴かれるぞ」

先んじてアルバートが忠告すると、エリックも訳知り顔で頷いた。

「第一部隊の副隊長が火傷しかけたんだろ？　こんなに可愛い顔してるのになぁ」

じろじろと覗き込まれ、コドラはうるさそうにまたマントの中に潜り込んでしまった。

エリックは惜しむような声を上げたものの、深追いはせずに腰を伸ばす。

「まさかドラゴンが手に入るとはなぁ。これで第六部隊も安泰だろ。いずれ上位部隊と入れ替えになるかもわからんぞ。これは一層ダリオのことが手放せないな？」

冗談めかしたエリックの言葉にどきりとする。ドラゴンがいるからこそ、アルバートもこれほどダリオに執着するのだろうと暗に言われた気がした。

横目でアルバートの表情を窺うと、期せずして視線が交差した。アルバートはエリックではなく、ダリオを見て答える。

「ドラゴンなんていなくても、生涯ダリオを離すつもりはないよ」

肩を抱き寄せられ、抗わずアルバートの胸に倒れ込んだ。愛し気に細められた目を見続けていたら、体中の力が抜けてその場に頽れてしまいそうだったからだ。

「わかったよ、後は二人だけでやってくれ。こんなに惚気られるとは思わなかった」

つき合っていられないとばかり、頭の上で大きく手を振ってエリックがその場を去っていく。アルバートも片手を振り返すが、ダリオだけが動けない。

青空の下で大市の歓声が弾け、長い長い夢を見ているようだと思った。目覚めたとき、恐らく正気でいられないだろう甘く残酷な夢だ。

目が覚めても幸せな余韻を忘れないでいられるよう、ダリオは肩に回されたアルバートの掌や、頭を預けた胸の温かさにひたすら意識を集中させたのだった。


久々に王都に戻ってきたのだからと公衆浴場に立ち寄り、肉屋で鶏を二羽受け取って、すっかり日も落ちる頃二人は家に帰ってきた。

アルバートが暖炉に火を入れている間に、ダリオは家の裏でコドラに食事をさせる。骨も残さず鶏を平らげ満足したのか、家に入るとコドラがダリオの腕にじゃれついてきた。日中はずっとうつらうつらしていたが、ようやく目が冴えてきたのかダリオの背中に上ったり、肩の上を右から左へ行き来したり、猫のような身軽さで跳ね回る。

アルバートの存在にも徐々に慣れてきたようで、近づいても威嚇して歯を鳴らすことはなくなった。とはいえ完全に警戒は解けないようで、アルバートが差し出す水には見向きもしない。同じ器でも、ダリオが口元に持っていってやると喜んで口をつける。

「この調子で、一生君以外の人間には懐かないのかな」

暖炉の前に座るダリオとコドラを少し離れた場所から眺めてアルバートは呟く。

一緒に暮らしているのにアルバートに懐かないのは困る。ダリオは少し考えて、コドラを腕に抱き立ち上がった。椅子に腰かけるアルバートの傍らに立ち、万が一にもコドラが火を吐かぬよう、人差し指と親指で輪を作ってコドラの口元を押さえる。

不機嫌そうに喉を鳴らすコドラに、ダリオは重々しく声をかけた。

「コドラ、この方は俺の伴侶で、つがいだ。お前の背中に二枚の翼があるように、俺とこの方も二人でひとつの対だ。お前が俺と一緒にいる限り、この方もお前と共にある。決して傷つけたりしないように」

指で口をふさがれたコドラは不服そうな顔で鼻から大きく息を吐いたが、ダリオの訴えが少しは伝わったのか、もう喉や歯を鳴らして威嚇はしなかった。

「こうやって、コドラには少しずつ慣れていってもらうしかありませんね」

コドラの頭を撫でて暖炉の前に戻ろうとしたが、アルバートがじっとこちらを見ていることに気づいて足を止めた。

「君は普段無口なくせに、たまに熱烈な言葉を口にするから油断ならないな」

真顔でそんなことを言われて首を傾げる。何かおかしなことでも言っただろうか。

「俺たちは二人でひとつの対なんだろう？　ドラゴンの翼のように」

「違いましたか」

「違わない。君、俺が査問にかけられたときのことを本当に覚えてないのか？」

急に話が飛んだ。あのときはジーノたちに散々酒を飲まされたのでほとんど記憶は残っていない。今の会話と何か関係のあることでも起きたのだろうか。曖昧に頷くと、腕を摑まれ引き寄せられた。

「俺はきっと、一生こうやって君に口説かれ続けるんだろうな」

頰に口づけられ、驚いてアルバートの顔を見返せば下から掬（すく）い取るようにキスをされた。唇はすぐに離れたが、腕を摑む手はそのままで動けない。

至近距離で青い瞳が瞬いて、熱を帯びた視線に鼓動が速まる。もう一度軽く腕を引かれ、自然と顔が下がった。唇にアルバートの吐息を感じて目を閉じる。

あと少しで唇が重なるというところで、がう、とコドラが一声吠えた。

はっとして身を起こすと、コドラがダリオの腕を身軽に駆け上がった。肩の上までやってくるとアルバートを見下ろし、もう一声吠える。

「こら、コドラ……」

「いいよ。君をとられたくないんだろう」

アルバートはコドラを見上げ、「気持ちはわかる」と言って笑った。

興奮するコドラを宥め、しばらく暖炉の前で遊び相手になっていると、やがてコドラがうとうとし始めた。日中あれだけ眠っていたのにしきりと欠伸を繰り返し、最後はダリオの膝の上で丸まってしまった。

「まだ起きていられる時間の方が短いようですね」

「体が大きくなると長く起きていられるようになるらしいが、その分眠る時間も長くなるらしいぞ。三日起きて三日眠るような生活になるらしい」

アルバートがダリオのマントを持ってきてくれて、受けとったそれでコドラの体を包み込んだ。マントにくるまったコドラは安心しきった顔で眠っている。

「俺たちも休もう。明日から君もいよいよ騎士団に戻るんだし」

促され、ダリオはアルバートと共に二階の寝室へ向かった。

テーブルの上に手燭を置いて、二人揃って服を脱ぐ。貴族でもないので寝間着はない。下着姿でベッドに入り、手燭を消したら下着も脱いで枕の下に入れる。

兵舎で過ごしていた頃も、王都から遠く離れた村で暮らしていたときも、眠るときはこうして全裸になっていた。だから今更うろたえることはないのだが、同じベッドに他人がいると思うと落ち着かない。

「それじゃあ、お休み」

明かりの落ちた部屋にアルバートの穏やかな声が響く。二人でベッドに寝転べば、どうしたって体のどこかが相手に触れた。緊張して寝返りも打てないでいると、アルバートが苦笑交じりに呟く。

「ベッドはそのうちもっと大きいものを買おう。それまでは窮屈だろうが我慢してくれ」

「窮屈だなんて……」とダリオは呟く。これより大きなベッドで眠るようになったら、偶然のようにアルバートの体に触れることができなくなってしまう。

闇に響くアルバートの呼吸は安定して、リラックスしているのが伝わってくる。こちらは緊張して眠れる気がしないというのに。意識しているのは自分だけだろうか。

昨日、この体ごとアルバートに食い尽くされたはずの淋しい気持ちが骨の奥から染み出てきて、ダリオは寝返りを打つとそろりとアルバートの腕に触れた。

「……今夜は、しないんですか」

アルバートが目を開け、首だけ巡らせてこちらを向く。

暗がりといえどもこの距離なら相手の表情も見える。それを直視することが怖くて、ダリオはとっさに目を伏せた。

こんな生活がいつまで続くかわからないだけに、つい欲張りになった。

アルバートが自分を側に置いてくれるのはコドラがいるからだ。しかし今後もコドラの飼育が上手くいくという確証はなく、人里の空気が合わなければ空に帰ってしまうかもしれない。そうなったら自分は用済みだ。婚姻関係は解かれなくとも、こうして同じベッドで眠ることはなくなるだろう。

深く目を伏せていると、闇の中でアルバートの密やかな声がした。

「……さすがに体が辛いんじゃないか？」

労わるような声だった。優しいそれに背中を押され、ダリオは首を横に振る。

「鍛えていますから、問題ありません」

「本当か？　こういうことは無理をして行うものじゃないぞ」

「いえ、違うんです、自分が……」

触れてほしくて、と本音をこぼしかけ、ダリオはぐっと唇を噛んだ。アルバートの腕に添えていた手を離し、寝返りを打つ。

「失礼しました。はしたない真似を」

無理強いをしてしまった自分が急に恥ずかしくなってアルバートに背を向ければ、同じく寝返りを打ったアルバートに後ろから抱きすくめられた。首筋に、ふふ、と柔らかな笑い声が触れる。

「君、もしかして俺のことが大好きだな？」

機嫌よさげに囁かれ、何を今さらとダリオは眉を下げた。

「でなければ結婚の申し出を受けません」

「そうか。俺はてっきり、義理堅い君が上官の申し出を断り切れなかったのかと思った」

首筋に唇を押し当てられて息が詰まった。期待で心拍数が跳ね上がる。浅ましい反応を知られまいと身を硬くして「あり得ません」と呟けば、耳裏にきついキスをされた。

「そうか、もっと自惚れてよかったのか。嬉しいな、君から求めてくれるなんて」

「……お疲れなら、無理にとは」

「今更そんなことを言うのはひどい」

ぎっとベッドが軋んで、アルバートが上から覆いかぶさってくる。

頬に唇を押し当てられて首を捻じれば、鼻先が触れ合う距離にアルバートの顔があった。

しようか、と笑いを含んだ声で囁かれ、ダリオは静かに目を閉じる。

今だけだ。今だけでいいから触れてほしい。

声も体温も匂いも全部忘れないでいようと、ダリオは闇を掻き分けるように両腕を伸ばしてアルバートの背中を抱き寄せた。


王都に戻ってから三日後、一度除名されたダリオのために、簡易的ではあるが入団式が行われた。式は第六部隊だけで行われ、どちらかというとダリオの復帰を祝う宴に近かったが、おかげでダリオも騎士団に戻った自覚を持つことができた。

ダリオが都を離れていた間は周辺国との諍いもほとんどなかったようで、第六部隊はのんびりとした雰囲気だった。主な仕事は町を囲う城壁の各所に詰めて周辺の警戒をすることくらいだ。

「近隣諸国の状況もさほど変化はありませんよ。たまに賊が町に押し入ってこようとすることはありますけど、わりと簡単に追い払えます」

詰め所でそんなことを教えてくれたのはクリスだ。

クリスが言う通り都の周りは長閑(のどか)なもので、遠くの村から上がるかまどの煙と、空を飛ぶ鳥くらいしか見るものもない。あとは荒れ地に点々と咲く黄色い花が平和に揺れるばかりだ。

ダリオはなまった体を鍛え直すべく腕立てをしながらクリスの言葉に耳を傾ける。

「強いて言うなら、ジフライルが少しきな臭い動きをしているくらいですかね」

「ああ、あの大きな港がある……」

ジフライルはアンテベルトの南にある海に面した国で、貿易港として栄えている。

香辛料や異国の知識を記した本など、近年異国からは魅力的な品々が海を越えて渡ってくるようになった。しかしアンテベルトのように内陸にある国々が異国の商人と直接取引をする機会は少なく、多くはジフライルから買うことになる。周辺には他に大きな港がないので、足元を見られてかなりの額を吹っかけられるのは日常茶飯事だ。しかし陸路で運ばれてきた品々は輪をかけて金額が跳ね上がるので拒むこともできない。

　そうしてジフライルは自国を豊かにし、この十年で周辺の小国はほとんどがその手に落ちた。いずれアンテベルトにも触手を伸ばしてくるのではと警戒していたが、ダリオが王都を離れていた期間は目立って大きな戦もなかったらしい。

「多分、侵略した周辺国を平定するのに時間がかかったんじゃないでしょうか。ようやく地固めも終わったし、そろそろまた暴れ出すんじゃないかって噂です」

「あの国の兵士なら遠目に見たことがあるが……」

　屈強な戦士の集まりだった。日差しの強い南の地で焼かれた肌は浅黒く、目も髪も黒く、どことなく自分と似通った風貌の者が多かった気がする。案外自分も生まれはジフライルに近いのかもしれない。親の顔もわからないので想像するより他ないが。

　片腕で腕立て伏せをしながら考えていると、傍らで丸まって寝ていたコドラが身じろぎをした。しかし完全に起きたわけではなく、また腹に顔を埋めて動かなくなる。

　騎士団に復帰してから、ダリオはコドラをバスケットに入れて連れ歩くようになった。兵舎はもちろん、こうして城壁の詰め所にも連れてくる。いずれは第六部隊のメンバーたちと戦地にも赴くことになるだろうから、少しは皆に慣れてもらおうという算段だ。

　しかしコドラは一日の大半を眠っていて、隊員たちに慣れるどころかその顔を視界に収めることすら滅多にない。

「ダリオさん、そろそろ昼食にしましょう。コドラのエサはどうします？」

「こいつは夜に食べるから大丈夫だ。寝かせておこう」

腕立てを終え、ダリオは汗を拭いながら立ち上がる。

床で丸まって眠るコドラを見下ろし、ダリオは小さな溜息をついた。本当にコドラはよく眠る。ドラゴンとは元来そういうものなのか、それともどこか具合が悪くて眠り続けているのか、判断がつかないのが心配だ。

およそ二百年前、ドラゴンはこの地でアンテベルトの騎士団と戦地を駆け抜けた。城の書庫には当時のことを書き記した書物もあるが、多くがドラゴンの去った後に書かれた叙情詩だ。ドラゴンと騎士を褒めたたえる詩ばかりで、実際どのようにドラゴンを飼育していたかの記録は極めて少ない。

憂い顔でコドラを振り返りつつ、詰め所に置かれたテーブルに着く。向かいにクリスも腰を下ろし、すぐに「あれ」と声を上げた。

「ダリオさん、なんだか目の下が黒くなってますよ？　寝不足ですか？」

「ん……。ああ、そうだな」

毎日パン屋から詰め所に届けられる分厚いパンを切り分けながら答えれば、すぐにクリスが察した顔つきになった。

「そうか、ダリオさんは今、隊長と一緒に暮らしているんでしたね。新婚ですし……そうですよね。相手は隊長ですし、それは大変ですよね」

そばかすの浮いたクリスの頬が仄かに赤くなる。何か勘違いしているようだと思ったが、敢えて訂正せず頷くにとどめた。

ダリオがアルバートと共に暮らし始めて、すでに半月が経過している。最初こそ毎日のように体を重ねていたものの、ここ数日は同じベッドで寝てすらいない。アルバートはベッドで、ダリオは暖炉の前で眠っている。

早々の倦怠期、というわけではなく、コドラの調子が気になるからだ。

ここ数日で、目に見えてコドラの食欲が落ちた。村にいた頃は森に分け入って野鳥や野ウサギ、狼までぺろりと平らげていたというのに、最近は一度の食事で鶏一羽をようやく食べるくらいだ。

町の空気が合わないのか。それとも獣の鮮度が悪いのか。ダリオはわざわざ城壁から出て、弓で野鳥を打ち落としてコドラに差し出したが、あまり食いつきはよくなかった。

その上最近のコドラは真夜中に何度も鳴いてダリオを起こす。抱き上げて背中をさすってやると大人しくなるが、ダリオがベッドに戻ってしばらくするとまた間断なく鳴いて、まるで赤子の夜泣きのようだ。鳴き声でアルバートの安眠まで邪魔してしまうのは忍びなく、コドラを抱いて暖炉の前で眠るようになった。

ダリオの腕に抱かれていても、コドラは真夜中に何度も目覚め、ぐずるように鳴く。おかげですっかり寝不足だった。

　そんなダリオをアルバートも気にかけてくれ、毎朝痛まし気な顔で朝食の準備をしてくれる。「せめて俺がお守りを代われたらな」と歯痒そうに言ってくれるが、真夜中にぐずるコドラにアルバートが近寄ると、コドラはますます暴れて手がつかなくなるのだ。一度はアルバートに向かって火を吐きかけて肝を冷やした。

　今もコドラは床の上でごそごそと姿勢を入れ替えている。深く眠れていないのだろう。コドラ自身苦しいのかもしれない。

　ダリオはコドラを膝に抱き上げると、他になす術もなくその背を撫で続けた。


　詰め所での仕事を終えて家に帰ると、玄関扉の向こうから温かなスープの匂いが漂ってきた。

「おかえり、食事の用意ができてるよ」

　すぐに台所からアルバートが出てきて、ダリオは恐縮しきって頭を下げた。

「申し訳ありません、アルバート様にそのようなことをさせてしまって……」

「いや、俺はコドラの世話を見られないから、せめてこれくらいさせてくれ。そのためにしばらくは帰りも早くすることにした」

「しょ、食事の用意をするためにですか？」

そんな使用人のするようなことをやらせてしまっていいのかとうろたえれば、アルバートに軽やかに笑い飛ばされた。

「戦が迫っているならそうも言っていられないが、幸い今はのんびりしてるからな。俺の他にもまだ子供の小さい隊員たちは早めに帰らせることにした。奥方ひとりに子供を任せるのは大変だ。君を見ていてよくわかったよ」

君のおかげで視野が広がった、などと言いながらダリオの頬にキスをする。これは隊員の妻たちもアルバートの株を上げたに違いない。

「アルバート様の意を汲んで、皆も酒場には寄らずまっすぐ帰ってくれるといいですね」

「そうでなければ困る。子供のあやし方がわからないので帰りません、なんて言う奴もいたが追い返した。君の子供は火を噴くのか、と尋ねたら黙って帰っていったよ。あやし方がわからなくても抱き上げることくらいできるだろう。俺はそれすらできないからな」

アルバートはダリオの肩を抱き寄せると、コドラの入ったバスケットを見下ろして溜息をつく。中ではコドラが丸まっていて、ちらりとアルバートを見てまた目を閉じた。

「……あまり元気がないな」

アルバートを見て唸ったり威嚇しなくなったのは何よりだが、これは慣れたというより反発する体力もないと見た方が正しいのだろう。ダリオも心配顔で頷く。

居間に向かうと、暖炉にはすでに赤々と火が灯り、テーブルの上にも夕餉の支度が整えられていた。ダリオは席に着く前に家の裏に回り、用意してあった鶏をコドラに差し出したが、今日はとうとう一瞥したただけで鶏に鼻を寄せることすらしなかった。

(やっぱり、具合が悪いのか……)

抱き上げてみても特別熱はないように思える。それとも体調が悪くても人間のように発熱はしないのか。

居間に戻って暖炉の前にコドラを寝かせたダリオは、暗い表情でテーブルに着いた。

「コドラは何も食べなかったか?」

ダリオの表情から大体の状況を察したのか、アルバートはダリオと一緒に難しい顔でコドラを眺める。

「城の書物も漁ってみたんだが、やはり飼育記録はほとんどなかった。あったとしても半分お伽噺だ。ドラゴンは宝石を好んで食べただとか、火兎を食べただとか」

「火兎?」

「全身に火をまとった兎だそうだ。架空の生き物だよ。大方ドラゴンの吐いた火で丸焼けになった兎を見た人が面白おかしく『火兎』なんて名前をつけたんだろう」

「……そんな名前が残っているということは、ウサギを好んで食べるのでしょうか?」

「どうかな。あまり当てにしない方がいい。火兎だけじゃなく、黄金の花を食べるなんて記述もあったぐらいだ。一応資料は持ち帰ったが、読むだけ無駄かもしれない」

「自分にも見せていただけますか」

幸い、ダリオは少しなら文字を読むことができる。騎士団に入った隊員たちはまず読み書きを教えられるからだ。剣の腕だけでなく、最低限の教養も騎士には必須だ。

「昔の文章は言い回しが独特だ。読むのは骨が折れるぞ?」

アルバートはそう忠告してくれたが、それでも引き下がらなかった。夕食の片づけを終えると、アルバートから古い資料を受け取って頭を下げる。

どうせ夜になるとコドラがぐずってまともに眠れない。本でも読んで夜を明かすつもりで暖炉に向かうとアルバートに止められた。

「ダリオ、今夜はベッドを使ってくれ。コドラも一緒で構わない」

振り返るとぐらりと視界が揺れた。寝不足がたたって頭の回転が鈍い。アルバートの声ははっきり聞こえているのに、言葉の意味を理解するのに少し時間を要した。

「……ですが、あまりアルバート様が近づくとコドラが興奮するので」

「俺は暖炉の前で眠る。ベッドは君とコドラだけで使っていい」

「アルバート様を硬い床で寝かせるわけには——」

言い終えぬうちに肩を掴まれ引き寄せられた。足元がふらついて、あっさりとアルバートの胸に倒れ込む。

「その硬い床で君は何日も眠っていたんだろう。今日こそはベッドで寝てくれ。そんな青白い顔をされたら俺こそ気が気じゃない」

でも、と言い返す暇も与えられず両腕で抱きしめられた。服越しに伝わってくる体温が心地よく、大人しく瞼を閉ざせば目の奥に鈍痛が走った。体が鉛のように重い。

打たれるより斬られるより、睡眠を削られる方が体には堪える。断りの言葉も思い浮かばず、結局その日はダリオとコドラがベッドで眠ることになった。

ベッドに入るとすぐにコドラが膝に乗ってきて、ダリオの腹に頭をすり寄せてきた。甘えるような仕草にふっと口元をほころばせる。森の中でドラゴンの卵を見つけたときはたまげたし、孵化した直後に野鼠を食い散らかす姿を見たときは自分も食われるのではと思ったものだが、いつの間にかすっかり愛着が湧いてしまった。

（やはり、都の空気が合わないんだろうか……）

コドラの背中をさすってやって、ダリオは深い溜息をつく。

そもそも地上に住む生き物ではないのだ。本当は空に帰してやった方がいいのだろう。でも手放せない。ひたむきに自分に懐いてくるこの小さな生き物に、ダリオはすっかり心を傾けてしまっている。

（いっそ二人で山奥に戻るか……。でもそんなことをしたら、わざわざ俺を王都に呼び戻したアルバート様が上位部隊から何を言われるか……）

正直に言えば、アルバートとの生活を手放すのも耐えがたく惜しい。欲深い自分にうんざりして、ダリオはテーブルの上に積み上げられた資料に手を伸ばした。

アルバートが言った通り、古い資料に並ぶ言葉は妙にもったいぶって読みにくい。その上ほとんどお伽噺だ。ダリオの望む飼育記録のようなものはなく、ほとんど空想の域に達している。

途中、ドラゴンが何か食べている絵が現れて手を止めた。草のようなものを食(は)んでいる。ドラゴンは肉食だとばかり思っていたが、草も食べるのか。

絵に添えられた文章を苦心しながら読んで、なんだ、とダリオは肩を下げた。要約すると、『ドラゴンは黄金の花を食べる』と書かれていたからだ。これも空想の類だろう。

(『黄金の花は万能薬となる』か……。実際にそんなものがあったらどれほどいいか)

書物によると黄金の花はアンテベルトの北にある山奥に群生しているらしい。山に入ったらまず東へ回って、少し上ったら今度は西へと、随分詳しく道順が書かれている。

そもそも黄金の花など咲くはずがないのだから読み進める必要もないのについ目で追ってしまったのは、ダリオが幼い頃よくその山に登っていたからだ。

山に入ればいくらか飢えをしのげた。嚙み砕けるものはなんだって口に入れた。毒草を食べて吐き気と高熱にうなされたこともある。湧き水で渇きを癒したこともあった。

当時のことを思い出しながらぼんやりと文章を辿っていたダリオは、黄金の花に至る道筋がやけに現実の山道に即していることに気づいて手燭に資料を近づけた。

（山に入ってすぐ東に向かってまた西に戻るのは、急な斜面を避けてるからじゃないか？あの辺りは地滑りしやすいし……。そうだ、ここには川があった。こっちは沼）

どうやらこの資料を書いた人間は本当に山に分け入ったらしい。そして黄金の花を見つけている。

（……本当にそんなものが？）

普段なら、あり得ないと一蹴して終わっただろう。けれど過度の睡眠不足がたたったせいか、ダリオの思考は極端な方へ流れてしまう。

探していないから見つからないだけで、山にはドラゴンの病を治す黄金の花が咲いているのかもしれない。花が見つからなければコドラはどんどん衰弱して、いずれ息を引き取る可能性もある。そうなったらダリオはコドラを失い、アルバートとの生活も失って、またひとりに戻ってしまう。

想像しただけで骨の髄まで凍りつくような寒さに襲われた。コドラに甘えられ、アルバートに甘やかされる生活にすっかり慣れ切ってしまった自分に呆れる。

資料を閉じ、ベッドで丸くなっていたコドラを抱き上げると、前より嵩が減っている気がした。いてもたってもいられなくなって、ダリオは簡単に身支度を整えるとコドラを抱えて階段を下りる。

一階ではアルバートが暖炉の前で横たわっていた。まだ暖炉には火が灯っていたが、こちらに背を向けて動かないところを見るともう眠っているようだ。ダリオは足音を忍ばせ、いつものバスケットにコドラを入れて靴を履いた。

外に出てみると雨が降っていたが気にもならなかった。山には黄金の花があるかもしれないのだ。一刻も早くコドラを助けてやりたい。

足を踏み出した瞬間、後ろからそっと肩を摑まれた。

「こんな夜更けにどこに行く気だ、ダリオ」

驚いて危うく声を上げかけた。振り返ればそこにはアルバートが立っていて、肩を摑まれるまでまるでその気配に気づかなかった自分自身に愕然とする。

ダリオは視線を揺らし、外の雨音に搔き消されてしまうくらい小さな声で答えた。

「山に……行こうと」

「この雨の中を？　ただでさえ夜の山は危ないのに、どうして」

「黄金の花を探しに」

言ってしまってから後悔した。アルバートが痛々し気に眉を寄せたからだ。

アルバートはダリオの腕を撫で下ろし、コドラの入ったバスケットを摑む手に手を重ね、ゆっくりと家の中へ引き戻した。

「ダリオ、山には黄金の花なんて咲かないよ」

「ですが、資料に……」

「言ったろう？　あれはお伽噺だ。もしも本当にそんな花が咲くのなら、とっくに人が押しかけてすべて摘み取ってる」

アルバートはダリオの手からそっとバスケットを取ると、コドラを起こさぬよう慎重に床に置いてダリオの顔を覗き込んだ。

「君だって本当はわかってるんだろう。そんな都合のいいものはない。神に祈る以外、俺たちがコドラにしてやれることはないんだ」

でも、と口の中で呟いてみたが、続く言葉が出なかった。頭の芯が鈍く痛んで考えがまとまらない。焦燥だけが腹の底で渦を巻く。何かしなければと思うのに何をすればいいのかわからず子供のように足踏みしたら、正面からアルバートに抱きしめられた。

「すまない、こんなに君が疲れ果ててしまうまで何もしてやれなかった。もっと早く決断を下すべきだったのに」

そこで一度言葉を切って、アルバートは思い定めたような重々しい声で言った。

「コドラを元いた山へ帰そう」

ダリオはアルバートの胸に凭れたまま小さく目を見開き、のろのろと顔を上げる。信じられずアルバートの顔を見詰めれば、苦し気な溜息と共に頬を撫でられた。

「二百年前と今では事情が違う。ドラゴンが人里で生きるなんてもう不可能なんだ。だから山へ帰そう。小さくたってコドラも立派なドラゴンだ。獣に襲われて命を落とすことはないだろうし、回復すれば空に帰るだろう。コドラにとっても、きっとそれが一番いい」

ダリオは表情も作れず、無言で首を横に振る。それを見て、アルバートは苦渋の表情を浮かべて言った。

「わかってくれ。君がコドラを可愛がっているのは知っているが、一体何日まともに寝ていないいんだ。その上訓練は他の隊員と同等かそれ以上にこなしているんだろう？　このまま続ければ命を縮めるぞ」

でも、とダリオは震える声で呟く。

コドラは可愛い。ダリオだって手放したくない。だがダリオ以上にドラゴンに拘泥しているのはアルバートではなかったのか。考えると頭痛が激しくなり、ダリオは眉を寄せてこめかみに手をやった。

「コドラを逃がせば、貴方の立場が……それに、自分も騎士団にいられなくなります……。俺は、ドラゴンがいたから王都に戻ってこられたのに」

そうでなければ、と続けようとしたら、アルバートの低い声に遮られた。

「待て、なんの話だ？　ドラゴンがいたから戻ってこられた？」

視線を上げれば、アルバートがぎらつく目でこちらを見ていた。何か言葉を間違えたか。うろたえて頭痛に拍車がかかり、口調がしどろもどろになってしまう。

「俺は、だって、俺がドラゴンを見つけたから、だから隊長は、俺を田舎から呼び戻したのでは……？　上位部隊に先を越されないようにわざわざ手紙まで送って……、俺と結婚するのも、ドラゴンを確実に手に入れるためなのでは……？」

言葉も思考も千々に乱れ、アルバートを名前で呼ぶことも忘れたし、一人称も『俺』になってしまった。

アルバートは怒ったような顔でこちらを見ている。何か失敗したことはわかるのに取り繕う術がない。子供の頃に戻ったように心許ない気分になって、目の端が湿っぽくなった。

戦場で命のやり取りをしているときは血を流しても骨を折っても平然としていられるのに、アルバートの前に立たされると見る間に虚勢を剝がされてしまう。

俯いて唇を嚙みしめると、アルバートに深々とした溜息をつかれた。それだけで肩をびくつかせたダリオを、アルバートはもう一度しっかりと抱きしめ直す。

「……そんなことを考えていたのか」

「……違いましたか」

違わない、と開き直られるかと思いきや、アルバートから返ってきたのは「まったく違う」というきっぱりとした言葉だった。

「君なぁ……。俺がこの二年、どれだけ必死で君の濡れ衣を晴らすために奔走したと思ってるんだ？　まさか君がドラゴンを見つけたと知って、慌ててジーノを追放すべく動き出したとでも思ったか？」

その通りなので返事もできずにいると、肩口で溜息をつかれた。

「ジーノの動向を探り始めたのは君が都を追放されてすぐだ。証拠を揃えるのに二年もかかったのはジーノが用心深かったのと、前王がジーノをいたく気に入っていたせいだ。だから入念に証拠を揃えた。そうこうしているうちに前王が亡くなって、ようやく新王にご注進申し上げたタイミングでたまたま君がドラゴンを見つけた。上位部隊の隊長が我先に君のもとへ走るのは目に見えていたからすぐに手紙を送ったが、ドラゴンが目的で呼び戻したわけじゃない」

アルバートの腕の中でダリオは棒立ちになる。まさか、と思った。だから言った。

「でしたら、本当に俺がコドラを山に戻したら、どうする気ですか」

実際にそんなことになったら困るに決まっている、考え直せと言うに決まっている。頑なにそう思っていたら、アルバートにそっと背中を撫でられた。

「コドラが回復するまでは君も気が気でないだろうから、しばらくは山に通って様子を見よう。それでコドラが回復したら、空に戻れるよう背中を押してやろう」

「ドラゴンを逃がしたとなれば、貴方の立場もどうなるかわからないのにですか」

「俺の立場か……。そうだな、騎士団は除名されるだろうな。でも、それがどうした」

アルバートの声に笑いが滲んだ。ダリオの肩に両手を置いて体を離すと、身を屈めて視線を合わせる。

「君と一緒なら構わない。あいにく俺は剣を振るうしか能がないが、違う町でまた雑兵からやり直すさ。ドラゴンのおまけがなくたって近衛兵長くらいにはなれるだろう」

　ここまで言葉を尽くされてもなお無表情で立ち尽くすダリオを見て、アルバートは困ったような顔で笑った。

「いい加減わかってくれ。君より大切なものなんてないよ」

　両手で頬を包まれて、乾いた唇に口づけられる。

　眉を下げて笑うアルバートは完全無欠の騎士団隊長の顔ではなく、少し情けない恋人の顔をしていて、『信じるな』『溺れるな』ときつく自分を戒めていたものがふいにほどけた。

「……っ、う」

　喉の奥から空気の塊がせり上がってきて、嗚咽となって唇から漏れる。天井が抜けて土砂降りの雨が降り注いできたように視界が濁って、目の縁からぼろぼろと涙が落ちた。

　噛みしめた唇にもう一度キスをされれば耐え切れず、ダリオはわっと声を上げて泣いた。子供の頃だってこんなふうに泣いたことはなかったのに、アルバートが何も言わずに抱き寄せてくれるからますます涙が止まらない。

　外ではまだ雨が降っている。雨音が泣き声を隠してくれるのをいいことに、ダリオは声を殺すことも忘れてアルバートの胸で泣き続けた。

「やっぱり熱があるじゃないか」

　玄関先で散々泣いて、寝室に戻ってベッドに入るや、額にアルバートの掌が押しつけられた。冷たい掌が心地よくて、腫(は)れぼったくなった目を細める。

「妙に思い詰めた顔をしているからおかしいとは思ったが……。黄金の花なんて突拍子もないことを言い出したのも熱のせいか？」

　アルバートに前髪を掻き上げられ、ダリオはぼんやりと瞬きをする。

「……黄金の花は、古い資料に載っていて……」

「俺も読んだよ。でも信じないだろう、あんな話」

「……山に入っていく道順が、やけに正確だったんです。だから、あの資料を書いた人間はきっと、本当に山に入っています……。そこで何か、見つけたのは確かです……」

　熱で息を乱しながらも訴えると、アルバートが表情を改めた。テーブルの上から資料を持ってきて、ベッドの脇で「これか？」とダリオに確認する。

「言われてみれば、確かに山道が詳細に書かれてるな。黄金の花なんていうから斜め読みにしていたが、この道は正確なのか？　俺は山に入ったことがないからよくわからない」

「かなり、正確です。この通り進んでいけば、恐らく山の頂上に着きます……」

「頂上には何がある？」

　ダリオは天井に目を向ける。ベッドに横たわっているはずなのに、体がぐるぐる回っているようで気持ちが悪い。きつく眉を寄せると、「すまない、今は休んでくれ」と目の上に手を置かれた。

視界が閉ざされ、過去の風景が瞼の裏に浮かび上がった。子供の頃に行ったきりだったあの山の頂上には何があっただろう。何もなかった気がする。ただ見晴らしがよかった。頂上付近は背の高い木も生えておらず、遠くの地平線まではっきり見えた。

「……足元に、花が咲いていた気がします。でも、珍しくもない、ただの花でした」

「そういえば、春先になるとあの山は色が変わるな。斜面にいっせいに花が咲いて……」

ふっとアルバートの言葉が途切れた。目の上に置かれていた手が外され、慌ただしく椅子から立ち上がる気配がする。

「まさか……。いや、可能性はあるか？　ダリオ、少し出てくる。君はここにいてくれ」

言うが早いか、アルバートは足音も荒く階段を下りて外へ出ていってしまった。

寝室には、ベッドに横たわるダリオとバスケットの中で丸まるコドラだけが残される。熱で朦朧（もうろう）としていたら、再び階下で音がしてアルバートが戻ってきた。

「遅くなってすまない、城壁の外で花を摘んできた」

アルバートは髪の先から雨水を滴らせ、腕に抱えた花をダリオに見せる。まさか本当に黄金の花を見つけてきたのかと思ったが、アルバートが胸一杯に抱えていたのは春先になると城壁の外で次々と花開く黄色い花だ。

二年ぶりに寒村から王都に戻ってきたとき、久々に足元で見かけた名もない花。身を寄せ合うように咲く小さなそれが黄金の花なのかと目を瞬かせる。

「城の北にある山は、春になるといっせいにこの花が咲いて斜面や山頂が薄く黄色くなるだろう。もしかするとこの花なんじゃないかと思ったんだが……」

アルバートも確信のない顔で、床に置かれたバスケットの前に花を置く。

雨に濡れた花の匂いに気づいたのか、コドラがバスケットからごそごそと顔を出した。先程は鶏に鼻先を寄せることすらなかったのに、花に顔を近づけて匂いを嗅いでいる。

ダリオとアルバートが息を詰めて見守る中、コドラがぱくりと黄色い花を口に含んだ。わしわしと花を嚙み、嚥下（えんか）して瞬きをする。と思ったら、前足をばたつかせてバスケットから出て、山と積まれた花に顔を突っ込むようにして貪り食べ始めた。

「……ドラゴンは肉食だとばかり思っていたが、花も食べるのか」

アルバートが意外そうに呟く。ダリオもコドラが肉以外のものを食べる姿を初めて見た。人間と同じく多少は野菜も食べさせなければいけなかったのか、と思ったのを最後に、ダリオの意識は高熱に呑まれて途切れた。


アンテベルトの周辺で咲く黄色い花は、ドラゴンにとって整腸剤のような効果があるらしい。黄色い花を食べるようになってから、コドラは見る間に食欲が回復した。よく食べてよく眠り、この一ヶ月で体も一回り大きくなったようだ。

ダリオもまた、アルバートの献身的な看病のかいがあって間もなく回復した。こちらは疲労と風邪が重なっただけだったが、アルバートは部隊の副隊長に仕事を押しつけてまで面倒を見てくれた。「君がまた妙な勘違いをしないように」などと言いながら手ずから食事まで食べさせてくれるものだから、ダリオもアルバートの気持ちを疑うことはすっぱりとやめることにした。

ダリオが臥せっている間、コドラの面倒はアルバートが見てくれた。

熱が引いた後、アルバートの手に無数の火傷ができていたときは青ざめたが、これをチャンスとアルバートは抜かりなくコドラとの距離を詰め、なんとコドラに触れられるまでになっていた。と言ってもアルバートに背を撫でられるコドラの方はむすっとした顔で、触られるのを我慢してやっているという態度を隠しもしなかったが。

病を治したダリオは早速第六部隊の勤務に戻った。主な仕事は城壁に詰めて周囲を警戒することだが、三交代制なのでときにはアルバートとすれ違いの生活になることもある。その分一緒にいられる時間は大切にしようと、最近はダリオも料理を覚え始めた。

例えば夜勤を終えて家に帰り、朝から出勤するアルバートと玄関先ですれ違う日などは大抵ダリオが夕食を作る。

その日もアルバートと入れ替わりにベッドに入ったダリオは、夕方に目覚めるとコドラと共に町へ出た。アンテベルトの青物通りは日が暮れても開いている店が多い。肉や野菜を買って家に戻り、早速台所で夕食の準備を始める。

兵舎で寝起きしていた頃は団員たちが持ち回りで料理を作っていたが、ダリオが当番のときは野菜を切るくらいしか任せてもらえなかった。ダリオは味音痴らしく、極端に味が濃くなったり薄くなったりするらしい。子供の頃、泥のついた木の根や名前も知らないキノコなどをそのまま口に運んでいた弊害かもしれない。

長年、腹が膨れれば味などどうでもいいと思いながら生きてきたが、アルバートと暮らすようになってから考えを改めた。長く食卓に着いて会話を楽しむのなら、やはり料理もこだわった方がいい。おかげで最近料理のレパートリーも増えた。

鍋底に鶏肉を敷き詰めブイヨンを注ぎ、煮立つ間に野菜を細かく切る。野菜を入れてさらにぐつぐつと煮込んだら酢とワインを加え、ボリュームを出すためパン粉を混ぜれば、アンテベルトで一般的に作られるシチューの完成だ。

自分の舌に自信がないので何度も味見をしているとアルバートが帰ってきた。

「ただいま、ダリオ。いい匂いだな」

振り返るより先に後ろから抱きしめられ、ダリオは微かに笑って「お帰りなさい」と返す。最初は体を寄せられるだけでどぎまぎしていたのに、アルバートが予想をはるかに超えてスキンシップ過剰なものだからすっかり慣れてしまった。

「今日は鶏のシチューか。何か手伝おうか?」

「いえ、もうできますので」

そうか、と言ったもののアルバートはダリオから離れない。ダリオの腹の前で両手を組んで、肩口に顔を埋めてくる。

「今日、決闘を申し込まれたよ」

鍋の中身をかき混ぜながら、ダリオはちらりとアルバートを振り返る。

騎士が決闘を行うのはさほど珍しくない。己の欲するものを剣で奪うのは騎士にとってごく当たり前のことだ。そして騎士が一騎打ちの決闘を申し込まれる理由は名誉のためか、あるいは恋人、伴侶のためであることが多い。

「第二部隊の隊員が、君をかけて勝負を、と申し出てきた」

ダリオは口元に仄かな笑みを浮かべて、そうですか、とだけ答える。

「心配してくれないのか」

「相手の心配ですか?」

「真剣勝負だぞ」

「第二部隊の隊員なら騎士とは名ばかりの貴族様でしょう。せいぜい命まで奪わないよう手加減してあげてください」

「君をかけて戦うのに手加減なんてできるわけがないだろう。相手の面子を守っていたら負けるかもしれないのに」

後ろから頬にキスをされ、ふふ、と声を立てて笑ってしまった。誰に戦いを挑まれようと、アルバートが負けるなど端からあり得ないのに。アルバートとて本気で言っているわけではなく、声に笑いが滲んでいる。

「以前からよく決闘を申し込まれていたようですが、最近特に多いですね？」

アルバートがたびたび決闘を挑まれるのは、一方的に想いを寄せられることが多いからだ。男女問わず、身分すら越えて方々から粉をかけられる。過去にも『負ければ自分のものになれ』と勝負を挑んできた騎士がいたし、恋人を奪われた恥辱を晴らすためと決闘を申し込んできた貴族もいた。どこぞの女性に逆恨みされ、金で雇われた傭兵に決闘を申し込まれたこともあったが、どれであれアルバートが敗北を喫したことはない。

相変わらずだと思っていたら、アルバートが少し改まった口調で言った。

「最近増えたのは君と婚約したからだな。俺を亡き者にして君を口説こうという算段だ」

「なるほど。ドラゴンの威光は絶大ですね」

納得して呟くと、なぜか沈黙が返ってきた。シチューの煮えるくつくつという音だけが台所に響き、不思議に思っていると肩口で深々とした溜息をつかれた。

「君は相変わらず自覚なしか。狙われているのは君自身だぞ」

「ご冗談を。俺など都を追放されるまで誰かに言い寄られたこともありません」

「それだけ皆本気だったんだ、裏で牽制し合ってた。いや、自覚がないならそれでもいいが、俺までドラゴン目当てで君に近づいたなんて未だに思ってないだろうな?」

耳元にキスをされて肩を竦める。振り返ると頰や目元にも柔らかく唇が押し当てられた。

王都に帰ってきてからすでに二ヶ月近く経つが、連日この調子では二心を疑うこともできない。

信じていますよ、と柔らかな声で答えれば、腰を抱くアルバートの手に力がこもった。

「最近ようやく君が気を許してくれるようになった気がして、嬉しい」

物言いが柔らかくなったと言って、ダリオの髪にキスをする。

「王にも結婚の了承をいただいた。準備が整い次第すぐに式を挙げよう」

「本当ですか?　よかった。貴方は特に優れた騎士ですし、何があっても子を残せと王に命じられるのではないかと心配していたのですが……」

アンテベルトでは同性婚も認められているが、世継ぎの問題だけは避けられない。優秀な人材は国の資産だ。アルバートの子ならきっと立派な騎士になるだろうし、よほど惜しまれるのではないかと思ったのだが。

アルバートはダリオの顔を覗き込むと、にっこりと笑った。

「遠回しにそんなことも言われたが、ならば騎士団を抜けるとほのめかしたら笑顔で祝福してくださった。子をなさぬ代わり、夫婦ともども後進の育成に努めよとのことだ。さすが新王様は聡明でいらっしゃる」

アルバートは笑っているが、ダリオは一緒に笑えない。ほとんど脅しではないか。末恐ろしい人だな、と思いつつアルバートの胸に寄りかかる。

「王にすらその態度では、もう我々の仲を裂けるものはないように思えますが」

「ようやく気づいたか。可能性があるとしたら俺が決闘で敗れたときだけだ」

「あり得ないということですね」

そうだなぁ、とアルバートは楽しげに笑う。

「横槍を入れられる者がいるとしたら、他国の王くらいのものじゃないか？」

「ジフライル辺りならやりかねませんね」

以前クリスが、ジフライルがきな臭い動きをしていると言っていたのを思い出して呟くと、「可能性はある」とアルバートも頷いた。

「ここ数年やけに大人しいから、そろそろ地固めを済ませてこちらに攻めてくるんじゃないかと大臣たちもそわそわしていた。君、なかなか先見の明があるな」

さすが俺の伴侶だとまたキスをされて肩を竦める。鍋の中ではすでに野菜がくたくたに煮込まれているというのに、後ろから抱きしめられて火の前から動くこともできない。耳元で際限もなく睦言を囁かれ、野菜より先にこちらが煮崩れてしまいそうだ。くすくすと笑いながら、ジフライルに攻め込まれたらどう打って出るか話し合う。

しかし後に、ダリオは冗談でもそんな話をしたことを後悔する羽目になる。

数日後、アンテベルトにジフライルから使者がやってきて、実に厄介な申し出をしてきたからだ。


「明日から、ジフライルのファルク王子が我が国にご滞在されることになった」

まだ日も明けきらぬ早朝。兵舎に集められた第六部隊の面々は、開口一番告げられたアルバートの言葉にあんぐりと口を開けた。ダリオはそれを横目で見る。昨日の夜、先んじて話を聞かされた自分も同じような顔をしたな、と思いながら。

「ジフライルって敵対国じゃないですか！　前にもうちに攻め込んできた、あの国の王子を迎え入れるんですか？」

誰かの声に、そうだそうだと賛同する声が重なる。

ジフライルがかつてアンテベルトに攻め込んできたことは事実だ。そのときは辛くも城壁を守り切ることができたが、あれからジフライルはさらに領土を広げ戦力も拡大している。次に攻め込まれたらどうなるかわからない。

ざわつく隊員たちを見渡して、アルバートは重々しく頷いた。

「先日、我らが王からジフライルに和平協定を申し出たそうだ。ジフライル王はそれを快く受け入れ、ご子息であるファルク王子が和平の使者として我が国にいらっしゃることとなった。しばらく逗留してこの国の文化を知り、国民たちとも交流を深めたいそうだ」

「本当ですかぁ?」

胡散臭そうな顔をする隊員たちの顔を眺め、アルバートはうっすらと笑った。

「と言うのは建前で、恐らく目的の半分はドラゴンだな」

皆の視線が兵舎の隅で寝息を立てているコドラに向かう。終日日向でうつらうつらしているせいか、第六部隊のメンバーからはほとんど猫扱いされているコドラだが、ドラゴンはいずれ大きな戦力になる。他国も喉から手が出るほど欲しいだろう。

「まだ戦場にも連れていっていないのに、もうドラゴンの存在がばれたんですか?」

「いや、向こうもそこまで確信があって来るわけではないだろう。そんな噂を耳にしたから、ついでに一応確認しておこうという程度だとは思う」

「だったら、残りの半分はどんな目的で来るんです? 本当に和平の使者ですか?」

アルバートは片方の眉を上げ、何をわかり切ったことをと言いたげな顔をした。

「残りの目的は酒と女だ。ファルク王子と言ったら放蕩息子で有名だぞ。現国王のサルマン王は勇猛果敢で知略にも長けていたが、息子はとんだ馬鹿王子だ。ファルク王子が王位を継げば、ジフライルは遅かれ早かれ自滅する。あの王子に限って深い思惑があるとも思えないし、せいぜい歓待してやろう」

アンテベルトはワインの産地であるし、娼館は傾城揃いと他国でも有名だ。アルバートの言っていることはおおむね真実だろうが、それにしても辛辣な物言いだ。

「そんなわけで、王子が滞在している間は第六部隊が身辺警護に当たる。しばらく少ない人数で城壁の見張りを回すことになるが辛抱してくれ。それから、ダリオ」

名指しされ、ダリオは直立不動の姿勢で返事をする。

「君は王子の護衛から外れてくれ。実戦に投入するまでコドラのことは隠しておきたい。万が一にもコドラが城の中に入り込まないよう、詰め所で見張っていてほしい」

「承知しました」

自分の名前が出たことに気づいたのか、兵舎の隅でコドラがむくりと顔を上げる。

コドラもすっかり兵舎に慣れ、他の隊員が近くにいても威嚇こそしなくなったが、うっかり誰かが触れようとすると大暴れして手がつけられなくなる。そうなったら宥められるのはダリオしかいない。コドラの側からは離れない方が賢明と思われた。

そんなわけでダリオは王子の護衛から外され、翌日は城壁の詰め所からファルク王子の到着を眺めることとなった。

ジフライル王の家臣たちは馬に乗り、長々と列をなして城門を潜っていった。中には道中の護衛をしていた兵士たちもいるが、戦意がないことを示すためか数は少ない。王子に同行してきた者の多くは武装をしておらず、貴族の物見遊山と言った雰囲気だ。

列の中央には四頭立ての豪奢(ごうしゃ)な馬車がいた。王子はあれに乗っているのだろう。

アンテベルトの新王リチャードと王子の面会は午前中に終わり、夜は早速娼館から娼婦たちが城に呼ばれていた。ワインの樽(たる)も大量に運び込まれ、その様子を詰所から一緒に見守っていたクリスが「本当に遊びに来たんですかねぇ」と呆れた様子で呟く。

王子の滞在は一週間程度になるらしい。和平の使者だの文化交流だの結構なことを言っていたが、初日と翌日は城から出てくることもなく娼婦たちと遊んでいたようだ。

この調子ならコドラの存在を気取られることもないだろう。そう高をくくっていたダリオだが、程なくして思い知る羽目になる。困難というものはどんなに避けようとしても、得てして向こうからやってくるのだということを。


王子の護衛からダリオを外したアルバートが、一転して「王子に会ってくれ」と言ったのは、王子がアンテベルトに来て三日目のことだった。

兵舎で武具の手入れをしていたダリオは耳を疑う。王子に会う際、コドラも連れてくるよう言われたからだ。コドラのことは隠しておくのではなかったか。

ファルクが来訪してからずっとその護衛を務めていたアルバートは、いささか疲労を滲ませた顔で溜息をついた。

「今日になって急に王子が、ドラゴンが見たいと言い出したんだ。これまで一言もドラゴンのことなんて口にしなかったからすっかり油断していた。側にいた大臣がうっかり口を滑らせて『なぜそれを』なんて言ってしまったものだから収拾がつかない。下手にいないと突っぱねるより、実際見ていただくことになった」

ただし、とアルバートは低い声で続ける。

「王子には、君が拾ってきたのはドラゴンではなくオオトカゲと言ってある。それを町の者がドラゴンと見間違えただけだと、表向きはそういう話だ。だからコドラの体をマントで包んで、王子には顔だけ見せるようにしてくれ」

ダリオは日向でまどろむコドラを振り返る。レンガ色の鱗に覆われた顔は、耳さえ隠せば確かにトカゲのように見えなくもない。了解してコドラをマントにくるんでいると、こうも言い足された。

「君も簡単でいいから鎧を身につけてくれ。胸当てと兜だけでもいい」

「鎖帷子(くさりかたびら)などは……」

「いらない。君はコドラを見せたらすぐ下がってくれればいい」

アルバートの顔が苦々しげに歪(ゆが)み、何事かと顔を覗き込もうとしたら正面からきつく抱きしめられた。兵舎には他にも隊員がいるのにお構いなしだ。

「好色者の王子に君を見られたくないんだ。嫉妬に狂った狭量な男だと笑ってくれ」

隊員たちは慣れたもので、「隊長って案外嫉妬深いんですねぇ」と微笑ましく二人の様子を見守っている。さすがに気恥ずかしくなって、ダリオも余計な問答は抜きにして兜を着用することを了解した。

ファルク王子が寝泊まりしているのは城の二階にある来賓室だ。アルバートに先導されて来賓室まで来ると、両開きの扉の前に第六部隊の隊員たちが立っていた。ダリオに気づくと疲れた顔で目配せしてくる。ご苦労さん、とでも言いたげだ。

アルバートが扉を叩くと中から第六部隊の隊員が顔を出し、室内に向かって「ファルク王子、オオトカゲが参りました」と声を張り上げる。くぐもった声で返事があり、ようやく扉が開かれた。

たちまち酒と脂と香水の匂いが噴き出してきて、バイザーを下げた兜の下でダリオは眉を顰める。

部屋の奥には天蓋つきのベッドが置かれ、ファルクは怠惰にもそこに横たわって酒を飲んでいた。傍らにはほとんど下着姿の女性を三名ほど侍らせている。他は第六部隊の隊員たちが部屋の隅に数名控えているだけだ。

酷くただれた印象だったが、ダリオが現れると意外にもファルクは身軽にベッドから跳ね起きた。

「来たか。待ちくたびれたぞ」

ベッドの端に腰かけ、好奇心も露わに身を乗り出してきたファルクはまだ若い。ダリオと同年代だろうか。南部に暮らすジフライルの民らしく肌は浅黒く焼けている。肩まで伸びた髪は緩く跳ね、瞳と同じく漆黒だった。

王子と呼ばれるからにはよほど豪奢に着飾っているのだろうと思いきや、他の貴族と変らぬシャツにズボンという服装だ。襟が大きく、宝石やレースで飾られている辺りを見てようやく身分の高い人物だと気づく程度である。

服よりも目を惹くのは精悍な顔立ちだ。意志の強そうな太い眉に、鷲のような立派な鼻。目も口も大きく華やかで、一目で陽性の印象が強く焼きつく人物だった。

ダリオはベッドから十分な距離を保った場所で跪き、コドラの入ったバスケットを前に押し出した。ファルクはベッドの端に腰かけたまま、気さくにダリオを手招きする。

「近くに寄ってみせよ。この距離ではよく見えん」

傍らに控えるアルバートにちらりと視線を送ると無言で頷かれた。立ち上がり、一礼してからベッドに近づく。相手の手が届かぬ距離に膝をついて、コドラの体を包むマントをめくり上げた。

マントの隙間からコドラが顔を出す。鼻先を突き出すようにしてファルクを見上げ、酒の匂いに気づくとまたすぐにマントの中に潜り込んでしまった。

ファルクはしげしげとバスケットの中を覗き込み、難しい顔で首を捻る。

「オオトカゲ、と言えば、確かにそうだな。一瞬のことでよく見えなかったが。おい、もう一度見せろ」

ファルクが腰を浮かせて手を伸ばそうとするのを、アルバートがやんわりと止めた。

「王子、そのトカゲは凶暴で、動くものにはなんでも嚙みつくきらいがございます。指を食いちぎられた者もおりますのでお気をつけください」

もちろんコドラが他人の指を食いちぎったことなどないが、ファルクはすぐさま手を引いた。それでもなおじろじろとバスケットの中を覗き込み、つまらなそうに息を吐く。

「まあ、ドラゴンにしては小さいか。火を吐くような様子もないし、噂話を真に受けて損をしたな」

思ったよりもあっさりと引き下がってもらえて胸を撫で下ろす。長居は無用とばかり一礼してその場を離れようとすると、「待て」とファルクに呼び止められた。

「そなた、アンテベルトの民にしては変わった肌の色をしているな？　南部の出身か？」

兜から覗くダリオの口元や、バスケットを摑む手元を見て肌の色に気づいたらしい。自国の民と似ていたから親近感でも覚えたのか、気安く声をかけてくる。

ダリオは深く頭を下げ、いえ、と短く応じた。

「自分は孤児で、物心ついた頃より父母はなく、正確な生まれはわかりません」

「なるほど、苦労したのだな。かしこまらずともよい。兜も外して構わんぞ」

「……王子の前で、そのような恐れ多いことは」

「気にするな。ほら、脱げ。わざわざ足を運んできたのだ、酒の一杯も飲んでいけ」

自身の膝に頬杖(ほおづえ)をつき、脱がないのか、と言いたげにファルクが眉を上げる。

相手は王子だ。自分とは身分が違いすぎる。その上好意から声をかけてくれているのは明白で、断ることもできずダリオは兜を脱いだ。

黒髪が目元に落ちて、ダリオは小さく首を振る。兜を外して改めて首を垂れると、ほう、とファルクが小さな声を上げた。

「やはり我が国の民と通ずる見目をしているな。この国の騎士団にもそなたのような者がいるのか。顔を上げよ」

アルバートからは王子に顔を見せぬよう言い含められていたが、この状況では拒否もできない。まっすぐにファルクを見返せば、相手の目元に笑みが浮いた。

「なかなかいい面構えだな？」

「恐れ入ります」

「動じぬところも気に入った。どうだ、我が国に来ないか？　騎士として召し抱えよう。側室に迎えても構わんぞ」

は、とダリオは声にもならない息を吐く。その直後、ベッドでごろごろしていた女性たちが一斉に声を上げた。

「王子はまたそんなことを言って！　私を側室にしてくださるというお約束は⁉」

「私も側室にしてくださると言ってくださったではありませんか！」

「最初に声をかけていただいたのは私です！　まさかお忘れではありませんでしょう？」

親鳥に餌をねだる雛のように騒ぎ立てる女性陣を振り返り、ファルクは鷹揚に笑う。

「もちろん、そなたたちが望むなら喜んで側室に迎えるとも。だが私のものになるのなら嫉妬は厳禁だぞ。側室は増える一方で減ることはない。男もいる」

側室などと言うので冗談かと思ったが、どうやらファルクは本気らしい。男の自分もそういう対象になるのかと驚き、はたと気づいて傍らのアルバートを見遣る。

アルバートは彫刻のように美しい笑みを浮かべていた。口角の上がり方も目の細め方も完璧すぎて逆に感情が伺えない。危うい雰囲気を察知してダリオの背に冷や汗が浮かぶ。

「王子、お声がけいただいたことは光栄ですが、自分には婚約者がおりますので」

謹んで辞退するつもりだったが、振り返ったファルクは快活に笑う。

「そなたなかなか義理堅い人間だな？　婚約など破棄したらいいではないか」

「まさか、そのような……」

「我が国に来れば生涯苦労させぬぞ？　婚約者にも詫びとしていくらか与えよう。それで

文句は言うまい」

ダリオを自国に連れ帰ることをむしろ善行と思っているような言い草だ。どうしたものかと思っていたら、跪いて沈黙を貫いていたアルバートが音もなく立ち上がった。

「では王子、この国の伝統に則って彼の婚約者である私と決闘いたしますか？」

まるで貴婦人をダンスにでも誘うような笑みを浮かべ、アルバートは腰に佩いた剣の柄に手をかける。仕草こそ優雅だったが、アルバートなら一瞬で相手の間合いに踏み込める距離だ。王子の前であることも忘れ、ダリオは慌てて立ち上がりその腕を摑んだ。

「待ってください！　行きません、俺は行きませんから……！」

押し殺した声で訴えたが、アルバートは笑顔を崩そうとしない。顔もまっすぐファルクへ向けたままだ。しかし当のファルクは自分がどれほど危うい状況にいるのか理解していないようで、不愉快そうに眉を寄せる。

「なんだ、貴様が婚約者か？　ならば引き下がれ。それとも兵士風情がジフライル次期国王である私の不興を買って、我が国との国交を断絶させたいと？」

急に話が大事になって青ざめたが、アルバートはまるで動じない。芝居がかった仕草で首を横に振り、わかりやすく困った顔をしてみせる。

「まさか。私はこの国に仕える騎士です。王の意向に沿わぬことはいたしません。我が王は親愛なる貴国と友好な関係を築きたいと熱望しております」

「なんだ、わかっているではないか。ならば大人しくその者を……」

ファルクが言い終えるのを待たず、アルバートはきっぱりと言い放った。

「しかし王子、万が一この国と彼を天秤にかけるような事態に直面しましたら、私は迷わず彼を取るつもりでおります」

自分の言葉を遮られることに慣れていないのか、ファルクは驚いた顔で口をつぐむ。視線が揺らぎ、アルバートが一度も剣の柄から手を離さないことにようやく気づいたのか表情が真剣みを帯びた。

対するアルバートは唇に笑みを引き、朗々と響き渡る声で言い切った。

「国も王も捨て、騎士の誇りと彼だけ抱いてこの地を離れる所存です」

先程までファルクの側室になると大騒ぎしていた女性たちが、アルバートの凛々しい姿に溜息をつく。ファルクは横目でそれを見て、気分を害した様子で舌打ちをした。

「騎士団の隊長がそれほどにこだわる相手か。興味深い。お前、名は?」

名を問われ、ダリオはアルバートの利き腕を摑んだまま「ダリオと申します」と名乗った。ファルクは半眼でダリオを眺め、何を思いついたか意地悪く唇の端を引き上げた。

「ならば今日からお前が私の護衛につけ。アルバートとか言ったか、貴様の顔は見飽きた。今日を限りに下がれ」

アルバートの口元からすぅっと笑みが引き、ダリオの心臓が嫌な具合にリズムを崩す。

「命令だ。下がれ。それともお前は、私の命令を退けられるほどのご身分か？」

ファルクは明らかにアルバートを挑発しているし、一触即発の空気を感じ取ったのか、バスケットの中でコドラまでごそごそと動き始める。

これはもう一刻の猶予もないと判断し、ダリオは腹の底から声を張り上げた。

「僭越ながら王子の護衛、喜んでお受けいたします！　命に代えても王子をお守りしますゆえ、本日は装備を整える時間に当てさせていただいても構いませんでしょうか！」

部屋の隅々まで響き渡る大声に、アルバートがふっと我に返った顔になる。ベッドにいた女性たちはうるさそうに布団をかぶり、ファルクも呆れ顔で片耳を押さえた。

「そなた、生粋の兵士だな。色気がないが、まあいいだろう。明日より頼む」

「はっ！　お任せください！」

ファルクに向かって深く一礼すると、ダリオは片手にバスケットを持ち、もう一方の手でアルバートの腕を摑んで部屋を出た。

アルバートはダリオに腕を引かれたまま何も言わない。ダリオの手を振り払うこともせず黙ってついてくる。一体どんな顔をしているのか確認するのが怖いくらいだ。足早に城を出たダリオは人気のない城の北庭に到着するなり、回れ右してその場に膝をついた。

「申し訳ありません。隊長の意向も伺わず勝手な振る舞いをしました。いかなる処罰もお受けします」

胸元を握りしめ、ダリオは膝に額がつくほど深く首を垂れる。婚約者といえども相手は部隊長だ。厳しく叱責されることは覚悟の上だったが、いつまで待ってもアルバートから は怒声が飛んでこない。恐る恐る顔を上げると、アルバートが片手で顔を覆って天を仰いでいた。

「……いや、文句はないよ。君は騎士としてあの場で一番ふさわしい振る舞いをした。むきになった俺が悪いんだ。俺の一存で戦争を始めるところだった。ほら、もう立ってくれ。フォローしてくれてありがとう」

促されて立ち上がったものの、言葉とは裏腹にアルバートは酷く苦々しい表情だ。ファルクの言葉がそんなにも気に入らなかったのかと尋ねれば、「当然だ」と鋭く返された。

「当たり前じゃないか、あの王子は君を側室に迎え入れようとしたんだぞ」

アルバートの声が一段低くなって、ダリオは目を瞬かせる。てっきりファルクがアルバートを兵士風情と軽んじたことに腹を立てているのかと思ったのだが。

「それは単なる冗談でしょう。王子は女性がお好きなようでしたし、ジフライルでは同性婚が認められていないとも聞きます」

「表向きはね。だがあの王子は節操がないことで有名だ。後宮では男女関係なく見目のいい愛人を侍らせていると有名じゃないか」

「だとしたらますます心配いりません。俺はこの通り武骨な剣士ですし、王子に気に入られる要素がありませんから」

ダリオは胸に手を当て、自信を持って断言する。ファルクがダリオに声をかけたのはダリオの面差しが自国の民に似ていたからに過ぎないし、アルバートを警護から外したのだって、娼婦たちがアルバートに目を奪われるのが面白くなかったからに違いない。

アルバートは何か言いたげに口を開いたが、本気で自分の言葉に疑いを抱いていないダリオを見て力なく項垂(うなだ)れてしまった。

「君は本当に自分の魅力を自覚していないんだな……。気が気じゃない」

「それは親の欲目というものでは」

「せめて惚れた欲目と言ってくれ。君は本当に仕方がないな。でもそこが愛らしいからまた困る」

「そんなことをおっしゃるのは貴方だけです」

「他の連中に言わせてたまるか。俺だけ知っていればいい」

言うが早いか、アルバートは素早くダリオを抱きしめる。

「いいか、常にあの王子からは間合いをとっておくんだぞ。気を抜くとベッドに引きずり込まれる。万が一のときは剣を抜け。俺が許す」

ダリオは笑いながらアルバートを抱き返す。娼婦を侍らせていた王子が自分をベッドに引きずり込む姿など想像もできない。

大丈夫ですよ、と気安く請け負ったダリオは、アルバートが肩口で沈痛な面持ちを浮かべていたことなど知る由もないのだった。

翌日から、早速ダリオはファルクの警護につくこととなった。その間コドラは兵舎で留守番だ。他の隊員にはなるべくコドラに近寄らないよう言い含めておいた。

ファルクの行動はほとんど決まっていて、朝は来賓室に運び込まれる朝食を食べ、午前中は部屋を訪れる大臣や貴族たちと歓談し、昼を過ぎると視察と称して城内や町をうろつく。視察のついでに娼館から娼婦を連れてくることもあり、夜は酒を飲んだり、女を侍らせたり、貴族たちとサイコロゲームに興じたりしているようだった。

ダリオは部屋の前の廊下を警護することになった。傍らにはアルバートの姿もある。ファルクはアルバートを警護から外したがったが、隊長である自分が王子の側を離れるわけにはいかないと突っぱねたらしい。代わりに部屋の中には足を踏み入れず、ファルクとは顔を合わせないようにしているようだ。

とはいえアルバートも忙しい。上位部隊の隊長や大臣に呼び出されてその場を離れると、ここぞとばかりファルクが顔を出してダリオを室内に招き入れる。ダリオも断れないので部屋に入るが、すぐにアルバートが戻ってくるのでほとんど会話にもならなかった。

躍起になって接触を阻止しては逆にファルクがむきになるのでは、と危惧していたのだが、滞在六日目にしてそれは現実になる。当初一週間で帰国する予定だったファルクが、滞在期間をもう一週間延ばすと言い出したのだ。その理由は、「まだ話足りない相手がいるから」だそうである。その相手がアンテベルトの若き国王リチャードではなく、一介の騎士でしかないダリオであることは周知の事実だ。

一週間の短期滞在だったからこそダリオと共にファルクの部屋に貼りついていられたアルバートだが、二週間目となるとさすがに警護にばかり時間を割いていられなくなった。

それでも慌ただしく来賓室と兵舎を行き来していたが、ファルクがアンテベルトに来て十日目の夜、いよいよその事件は起きたのだった。

いつものようにアルバートとダリオが部屋の前で護衛をしていると、第六部隊の隊員が息せき切って部屋の前までやってきた。

「隊長、市門の前に賊が集まっています、南西の門が突破されそうです……！」

室内にいるファルクの耳を気にしたのか隊員の声は限界まで潜められていたが、荒い息に圧し潰された声音は切迫していて、その場にいた者たちに緊張が走った。

「ただの賊なのか？　他国の兵ではなく？」

「はい、馬に乗った者が十数名……詳細な人数はわかりませんがごく少数です。追いかけようにも、夜に紛れて襲ってくるのでなかなか追いきれず……」

「わかった、すぐ向かう」

アルバートが大股で歩き出す。ダリオも続こうとしたが、遮るように来賓室の扉が開いて中からファルクが顔を出した。

「おや、隊長殿はどこかにお出かけかな？　残念、一緒に酒でも飲もうと思っていたんだが。代わりにダリオ、つき合ってくれ」

おそらく廊下の会話に聞き耳を立てていたのだろう。アルバートが持ち場を離れると知り嬉々として声をかけてきたらしい。返答に詰まるダリオに、「隊長だけでなくそなたまで私をないがしろにするのか？」と詰め寄ってくる。

賊の侵入を許すか否かというこの緊急事態にアルバートを足止めするわけにはいかず、ダリオは迷わず「喜んで」と返事をした。鋭い仕草で振り返ったアルバートに、行ってくださいと目顔で促す。

アルバートは一瞬だけ目を眇めたものの、何も言わずダリオに背を向けると足早にその場を立ち去った。

賊の正体はわからないが、アルバートが現場に行けば事態もすぐに収束するだろう。無事を祈ってその後ろ姿を見送っていると、すかさずファルクに肩を抱かれた。

「ようやくうるさい番犬がいなくなったな。さあ、少し話し相手になってくれ。そなたは我が民と同じ肌と目の色をしているからな、妙に親近感が湧く」

上機嫌でダリオを室内に招き入れたファルクは白いズボンとシャツを着て、その上からエメラルドグリーンのベストを羽織っている。肩まで伸びた髪は後ろでひとつに束ね、今夜はベッドに娼婦も連れ込んでいないようだ。クロスをかけたテーブルにはワインのピッチャーとコップが並べられていた。

「私と一緒にいるのだ、そのような無粋な武装も解くがいい」

兜をかぶり鎖帷子を着込んでいたダリオは、逡巡したものの兜だけ脱いだ。

ファルクは室内に待機していた隊員たちも外に追い出してしまい、部屋の中にはファルクとダリオの二人だけになる。

「毎日部屋の前に立っているだけでは退屈だろう。たまには話し相手になってくれ」

ファルクは頓着なく自分と同じテーブルにダリオを座らせると、手酌でワインを注いでダリオの前に差し出した。随分と気さくな態度だ。

下戸とも言い出せず恭しくコップを受け取ったダリオは、ワインに口をつけるまでの時間を稼ぐべく尋ねた。

「アンテベルトの町はいかがですか。ご滞在中、何かご不便はありませんでしょうか」

「ん？　特にないぞ。酒は美味いし女性たちも美しい。リチャード王にも何度か拝謁したが、話のわかる御仁だな。今後もアンテベルトとは良好な関係を築けそうだ」

「それは何よりです」

「帰国の際は幾人か側室を連れていくつもりだ。そなたも来るだろう？」

まだそんな戯言(ざれごと)を繰り返すのかと半ば呆れ、ダリオは曖昧な笑みを浮かべる。本気で自分に執着しているわけではなく、アルバートへの当てつけだろうに。

ファルクはワインを飲みながら「そなたも遠慮せず飲め」と勧めてくる。これ以上時間稼ぎをするのは難しそうで、ダリオもコップを取ると申し訳程度にワインを口に含んだ。

わずかな量でも飲み下せば喉から胸がふわっと温かくなる。下手に酒が回る前に話を切り上げた方がよさそうだと判断して、ダリオは姿勢を正した。

「先日は隊長が大変に失礼いたしました。王子の前で剣の柄に手をかけるなど本来なら軍法会議にかけられてもおかしくない非礼でしたのに、お目こぼしくださった寛大な処置には拝謝申し上げます」

「まあな。王族たるもの些末なことに目くじらは立てぬものだ。この寛容さは私の最大の美点でもある」

ファルクはご満悦でワインを飲む。子供のようにわかりやすく表情を変えるファルクに深く頷き返し、ダリオは唇についたワインを指先でそっと拭い落とした。

「寛大な王子に、お願い申し上げてもよろしいでしょうか」

「許す。申してみよ」

「自分のようなつまらない者に、こうしてワインを振る舞われるのはもったいなく思います。どうぞ残りはご自身で飲んでいただくか、もっと面白味のある者に与えてください」

コップを置いて頭を下げたダリオを見て、ファルクは唇の端を持ち上げる。テーブルに肘をつくと、ダリオの顔をまじまじと眺めて目を細めた。

「そなたも十分面白い男のように思うが？」

「いいえ。自分は剣を振るうくらいしか能のない、むさくるしい男です」

「そうか？　他国の王族の前でそれだけ堂々としていられるだけでも珍しいぞ」

「物知らずなだけです。本来とるべき態度もわかりません。こうして王子と同じテーブルにつくことも不敬の極みでしょうが、断り方がわかりませんでした」

真顔で受け答えするダリオを眺め、ファルクは喉を鳴らして笑う。

「謙遜するな、そなたは面白い。どうだ、本当に私の国に来ないか？」

「婚約者がおりますので」

「捨て置け」

あっさりと言い放たれて、ダリオは眉尻を下げた。

「あの方のいない未来など、自分にはありません」

二年前ならばまだ諦めがついたかもしれない。けれどアルバートの腕の温かさを知ってしまった今となっては、もう他の未来など選べない。

　ファルクはワインを口に運び、ゆったりと小首を傾げてみせる。

「来なければそなたの首を刎ねる、と言ったら？」

「ご存分にどうぞ」

「動じぬか。では、そなたの婚約者の首を刎ねると言ったらどうだ？」

　どうだ、と問われて考える。もしも本当にそんなことになったら。

　想像しただけで口の中に苦いものが広がって、ダリオは低い声で答えた。

「この場で王子を殺(あや)め、あの方と一緒に遠くへ逃げます」

　ファルクが目を瞠る。堂々と物騒な言葉を向けられてさすがに驚いたようだ。表情のないダリオの顔をしげしげと見詰めて腕を組む。

「もしやそなた、怒っているのか？」

「怒るというより動揺しております。あの方の首が跳ね飛ぶ様など想像させないでいただきたい」

「動揺してその言い草か。ちなみに、この場で私に斬り捨てられても文句は言えぬほど不敬なことを言った自覚はあるか？」

「ありますが、自分の首が飛ぶことに関してはあまり、気にしませんので」

「気にせよ、死ぬぞ」

　確かにそうだ。自分でも支離滅裂なことを言っている自覚はある。

視線を斜めに落としたら、そのままぐらりと体が傾きそうになった。ほんの一口ワインを飲んだだけなのに、もう体の動きが覚束ない。

軽く首を振ったダリオを見て、ファルクはますます驚いた顔をする。

「まさか酔っているのか？　一口しか飲んでいないだろう？」

「……酒は、いけません。匂いだけでも、酔います」

「そうなのか。そういうことは早く言うがいい」

言うが早いか、ファルクはダリオのコップになみなみとワインを注ぎ足した。

「飲め。そなたは面白い」

これは返答を間違えたと思ったがもう遅い。もう一度「飲め」と促され、ダリオも覚悟を決めてワインを口に運んだ。

「自分のことを面白味がないなどと言うが、そなたは十分面白いぞ。そんな武骨な形をして、ひとりの男を一途に慕っているのも悪くない。物怖じしないところも気に入った」

ごくりと喉を鳴らしてワインを飲むと、腹の底に火がついたように熱くなる。赤いワインが血流に乗り、全身の血と同化するのに時間はかからない。頭の芯が重くなって、ダリオは片手で額を押さえてテーブルに肘をついた。

視線を感じて目を上げると、同じようにテーブルに肘をついて身を乗り出したファルクの顔がすぐ近くにあった。漆黒の目が自分を見ている。見詰め返すがダリオの視線はふらふらと揺れて定まらない。なんとか正気を保とうと唇を噛めば、ファルクが何か発見したような顔をした。

「存外色気のある顔もできるではないか」

向かいから指が伸びてきて、ダリオの目にかかる前髪を横に払おうとした。避けるように体を捻ると、テーブルの上に置かれていたコップに肘が当たって倒してしまう。白いクロスに赤い液体が染み込んで、それはファルクの膝の上にまでしたたり落ちる。

「服が汚れた」

「も……申し訳ありません」

ふらつく足で立ち上がり、何かで拭かなければと辺りを見回すが何も見つからない。布製品などそこらにいくらでもあるはずなのに、どれで拭くべきか判断がつかなかった。外で控えている隊員に助けを求めるという頭も回らない。

困り果てて立ち尽くすダリオを見上げ、ファルクは鷹揚に笑ってみせる。

「構わん。着替えればいいだけの話だ。服を脱ぐのを手伝ってくれ」

酔った頭で、それはいけないのではないかと思った。思ったが、断る術をダリオは知らない。立ち上がったファルクに手をとられ、ふらふらとベッドに歩み寄る。

「まずは靴を脱がせろ」

ベッドの端に腰かけたファルクが足を投げ出す。言われるまま床に跪き、横ざまに倒れそうになるのをぐっとこらえてファルクの靴を脱がせた。

　ファルクのズボンの腿の辺りには赤い染みができている。これはもう落ちないかもしれないと思っていたら、指先で染みを指さされた。

「申し訳ないと思うなら、ここにキスを」

　ダリオはファルクの膝の間に跪いたまま視線を上げる。こちらを見下ろす目には微かに興奮の色が滲んでいて、ファルクは本当に男もベッドに引きずり込むのだなとこの期に及んで理解した。物好きなことだが、相手は他国の王族だ。拒否権はない。

　命じられるままファルクの腿に唇を押しつけた。ワインの匂いが鼻先を過って、ますます酔いが深くなる。ファルクの指が後ろ髪に絡み、軽く髪を引かれて上向かされた。

　ファルクが身を屈める。目を伏せた顔が眼前まで近づいた、そのときだった。

「失礼！　王子、新しいお召し物ならこちらです」

　ドアを隔ててもなおよく通る声と共に、蹴破る勢いでドアが開けられる。振り返らなくても声だけでわかった。室内に飛び込んできたのはアルバートだ。

　ファルクが舌打ちをしてドアへと顔を向ける。その表情がぎくりと強張ったのを見て、ダリオも緩慢に部屋の入り口へ視線を向けた。

　ダリオたちのもとへ大股で近づいてくるのは、思った通りアルバートだ。市門の前に集まっていた賊は早々に退けたのだろう。外は雨でも降っていたのか、髪から雫が滴っている。雨音など聞こえなかったはずだけれど、とぼんやり思い、何度か瞬きをしてダリオは思い違いに気がついた。

アルバートの髪から滴っているのは水ではない。血だ。

怪我をしたような歩き方はしていないので返り血だろう。前髪を濡らしたアルバートは、よくよく見ると胸当てからも、籠手の先からも血を滴らせている。

室内に広がっていたワインの匂いが鉄臭い血の匂いに塗り替えられた。絨毯に血の足跡をつけながら近づいてきたアルバートは、唇を美しい弓なりにして微笑んだ。

「どうぞ王子、新しいお召し物です」

そう言ってアルバートが差し出した服には、返り血が染み込んでぐっしょりと赤く濡れていた。顔をひきつらせたファルクを見て、アルバートは今気がついたとでも言いたげに眉を上げる。

「おっと、失礼しました。こちらも汚れているようですね。すぐに新しい物をお持ちいたします。ついでにそちらで酔い潰れている私の部下も連れていきましょう」

アルバートが笑いながら差し伸べてきた血まみれの手を、ダリオは躊躇なく摑んで立ち上がった。ファルクは何か言いたげに口を開いたが、前髪から血を滴らせるアルバートに視線を向けられぐっと声を呑む。

「お騒がせして申し訳ありません、王子。新しい服もすぐお届けいたします。それでは、お休みなさいませ」

ダリオを片腕で抱き寄せたまま、アルバートは優雅に腰を折って部屋を出る。

廊下に出た瞬間、足を払われアルバートに横抱きにされた。下りようとしたが「動くと酔いが回るぞ」と窘められて力を抜く。土台自力で歩ける状況ではない。

そのまま兵舎に連れていかれ、アルバートと一緒に水を浴びて服を着替えた。酔いながらも必死で目を凝らして確認したが、やはりアルバートは返り血を浴びただけでどこも怪我はしていないようだ。安堵（あんど）して、ふっと意識が遠くなる。

次にダリオが目を覚ましたのは暗い夜道だ。ゆらゆらと何かに揺られ、馬にでも乗っているのかと思ったら違った。アルバートの背に負ぶわれている。状況を理解したときはもう自宅の前で、じたばたしてみたものの背中から下りることは許されなかった。

「ア、アルバート様、申し訳ありません……！」

居間まで来てようやく下ろされ、ダリオは額が膝に着くほど深く頭を下げる。その勢いのまま床に倒れ込みそうになれば、とっさにアルバートが支えてくれた。

「少し落ち着け。水を持ってくる」

ダリオを椅子に座らせると、アルバートはコドラの入っているバスケットを床に置いて台所から水を汲んできてくれた。恐縮してコップを受け取り、一息で飲み干す。冷たい水が火照った体を冷やしてくれるようだ。深く息をついたところで、向かいに座ったアルバートがじっとこちらを見ていることに気がついた。

　ダリオがコップを置くのを待ち、アルバートは静かな声で切り出した。

「さっき、君が王子の膝の間に顔を埋めているのを見たときは息が止まった」

　ダリオもアルバートを見詰め返す。ファルクの足の間に顔を埋めていたのは事実であるし、弁解の余地はない。いかなる非難も受け止めるつもりでアルバートの目を見詰め続けていると、どうしてかアルバートの方が先に目を逸らしてしまった。

「あのとき、抵抗する気はなかったのか？　俺が乗り込まなければどこまで許した？」

　苦し気な顔をするアルバートを見詰め、どこまでも許しただろうな、とダリオは思う。でもそれを言えばきっとアルバートは傷つくだろう。考えた末、最初の質問にだけ答えることにした。

「抵抗するつもりはありませんでした。王子の不興を買って戦を吹っかけられては困ります。アンテベルトとジフライルの国力の差は明らかですし」

「そうでもない。ジフライルは侵略を繰り返して大きくなった国だ。国内の統制はまだ取れていないし、戦になれば寝返る連中も多くいる。我が王も表向きはジフライルと親しくしているが、攻め込む機会を虎視眈々（こしたんたん）と狙っているんだ」

　珍しく強い口調でダリオの言葉を遮り、アルバートはテーブルに向かって溜息をついた。返り血を洗い流した金色の髪が頬に落ち、ダリオはそろりと手を伸ばす。

「……怒っていますか？」

王子の要求に従いベッドまでついていったのだ。何事もなかったとはいえ不貞を働いたことになるのだろうか。伴侶に対する裏切りだと言われてしまえば申し開きもできないと思ったが、アルバートは伸びてきたダリオの手を振り払うような真似はせず、自ら摑んで引き寄せた。

「いや、君は自分の仕事を全うしただけだ。怒る理由はない」

顔を上げたアルバートの口元には淡い笑みが浮かんでいた。言葉通り、ダリオに対して怒りは感じていないらしい。むしろその矛先はファルクに向いているようだ。

「問題はあの王子だ。本気で君を手籠めにする気だぞ。できれば君ももう少し危機感を持ってくれ。あのままベッドに押し倒されたらどうする気だったんだ？」

指先にキスをされ、ダリオは真顔で考え込む。

「王子が望むのであれば、断れません。俺は一兵卒に過ぎませんから」

むしろこの身ひとつで国同士のいざこざを避けられるのなら安いものだ。城にいる者なら誰もがこの考えに賛成してくれるに違いない。第六部隊の隊員たちでさえ、たとえいい顔はしなくても止めることはないだろう。唯一否定する者がいるとしたら、ダリオの伴侶となるアルバートだけだ。

ダリオはアルバートに手を取られたまま、まっすぐに尋ねる。

「他人に触れられた俺に、貴方の伴侶たる価値はありませんか？」

互いに無言で見詰め合う。青い瞳がゆっくりと瞬いて、アルバートは少し切なげに目を眇めると、唇に柔らかな笑みを滲ませた。

「……いいや。その程度のことで君の価値は揺るがない。これはただの嫉妬だ。聞き流してくれ」

ダリオの手を引き、アルバートはその掌にキスを落とす。

「でも、君を他人に触れさせたくない俺の気持ちも、心の片隅で覚えておいてくれると嬉しい」

掌を柔らかな吐息でくすぐられ、背筋にぞくりと震えが走った。悟られまいと、ことさら固い声で「承知しました」と応じる。

アルバートは伏せていた目を上げると、本当かな、と囁いて目を細めた。唇が移動して、手首に音を立ててキスをされる。

「騎士団は王の庇護のもとにある。自らを滅し、王のため、国のために身を捧げようとするのは正しいことだ。……でも今だけは、君は俺のものだと思っていいか？」

低い声が甘く溶ける。手首に唇を押しつけたまま熱っぽい目で見上げられ喉が鳴った。舌がもつれて言葉が出ない。酔いは醒めたと思ったのに、体が熱を帯びていく。

上手く返事ができず、無言で首を縦に振った。それでもアルバートは摑んだ手を離さない。次の言葉を待つように沈黙され、掠れた声で呟いた。

「……確かめてください」

この体が誰のものか、アルバート自身で暴いてみればいい。

返答に満足したのか、アルバートはゆるりと目を細めてダリオの手首から唇を離した。

寝室のテーブルに置かれた手燭の火が揺れる。

荒い息の音が耳について、まさか自分の呼気が火を揺らしているのかと思ったが違った。どこかから風が吹き込んでいるようだ。

冷たい夜風が流れ込めばすぐに風の向きなどわかりそうだが、今のダリオにはわからない。素肌をむき出しにしているのに、全身に汗をかいて暑かった。

汗ばんだ背を指先で辿り下ろされ、ぐぅっと背筋が仰け反った。背骨に沿うように指を滑らせながら、アルバートが低く笑う。

「実際のところ、俺が行くまでにどれくらい飲んだんだ?」

ダリオはシーツを握りしめて息を整える。ベッドの上で四つ這いになり、後ろからアルバートに貫かれた格好で。

「ふ……二口、です」

「たったの二口で酔い潰れたのか。相変わらず弱いな」

アルバートはゆっくりと上体を倒し、ダリオの項にキスをする。背筋を辿っていた手で腰骨を撫でられ下腹部に力が入った。中にいるアルバートを締めつけてしまい、腰の奥が甘く痺れる。大きな掌で腰骨を撫でられ、たまらず腰が揺れてしまった。

「弱いのを承知で飲むなんて、さすがに不用心すぎるんじゃないか？」

「……っ、う……、ん……っ」

「あんな状態じゃ、ベッドに引きずり込まれてもろくな抵抗ができないだろう」

結合部から粘着質な音がして、体内で温まった香油が甘く香る。内側がアルバートを引き込むように収縮して、耐え切れず腕を折ってシーツに突っ伏した。

アルコールのせいばかりでなく体が蕩けて自重を支えきれない。だというのにアルバートはダリオの項や髪にキスをするばかりで一向に動いてくれず、耐え切れず肩越しに涙目を向けた。

「あ……っ、アルバート様……もう……」

息が弾んで言葉にならない。目元にじわりと涙が滲む。

アルバートは甘やかに笑うと、首を伸ばしてダリオの目元にキスをした。舌先で涙を舐めとり、ダリオの顎を摑んで唇にも深いキスをする。

口の中を舐められ、アルバートを受け入れた部分がきゅううっと淫らに収縮した。

初めてアルバートに抱かれてから、もう何度体を重ねたかわからない。最初こそ快も不快も一緒くたで、ただアルバートに触れられている事実に感極まっていたはずが、こうして明確な快楽に震えるようになったのはいつからだろう。

気がついたらもうベッドの上でアルバートに翻弄されるようになっていた。より深い快感を求めて体がうねりを上げる。

「……っ、あ、は……っ」

キスが終わっても惜しむように唇を追いかけてしまう。アルバートは声を潜めて笑い、ダリオの唇に宥めるようなキスをした。

「まだ酔ってるのか？　いつもより甘えたがりだな」

「……も、申し訳……ありま……せ」

「どうして謝るんだ。すぐ謝るのは君の悪い癖だぞ」

軽く揺すり上げられて喉の奥から甘ったれた声が出た。とっさに唇を嚙むと、咎めるように二度、三度と突き上げられる。

「声を殺さないでくれ」

「……っ、う」

「王子の言うことは聞くのに、俺の言うことは聞いてくれないのか？」

「んっ、ん……っ、あっ！」

アルバートの手が胸に回り、嚙みしめていた唇がほどけた。胸の突起に指を這わされ、

中にいるアルバートを強く締めつける。胸など触られてもくすぐったいだけだと思っていたのに、執拗に弄られたせいでそこはすっかり性感帯に変わっていた。

きつい締めつけに感じ入ったような息を吐き、アルバートは緩慢にダリオを揺さぶった。

「君はここを弄られながら動かれるのが好きだな？」

「あっ、あ……っ、あぁ……っ」

「声を殺せなくなる」

胸の尖りにそっと爪を立てられ、ダリオは切れ切れの声を上げた。

指先に翻弄されて声を殺せない。戦場ならどんな苦痛もやり過ごせるのに、アルバートの腕の中ではキスひとつで震え上がってしまう。

「あっ、あ……、や……」

「嫌？」

声に笑いを滲ませ、アルバートが動きを止める。

「嫌なら、やめよう。どこぞの王子みたいに無理強いはしたくない」

たちまち内側がねだるようにアルバートに絡みついた。それでもアルバートは動かず、代わりに胸の尖りを指先でこねる。敏感な突起を嬲られ、腰の奥で熱が渦を巻いた。はしたなく腰が揺れてしまうのを止められない。

鈍感なダリオでもさすがに焦らされているのがわかって、背後に涙目を向けた。

「お、怒って、いるんですか……」

アルバートはダリオの目を覗き込み、いいや、と首を横に振る。胸に触れていた指が喉元に伸び、顎先を摑まれ後ろを向かされた。

「むしろ気分がいい」

荒い息を繰り返すダリオの頬にキスをして、本当に嬉しそうに目を細める。

「王子の脚の間に跪かされても表情ひとつ変えなかった君が、こんなふうに溶けて滴りそうな顔をしてるんだ。俺だけ知っているんだと思うと気分がいいよ」

頬に繰り返し口づけられ、ねだるように顎を上げると唇にもついばむようなキスをされた。物足りずに喉を鳴らせば、アルバートの笑みが一層深くなる。

「ベッドの上では随分素直になってくれたようだし？」

自分がひどく物欲しげな顔をしていたことに気づいてとっさに顔を伏せようとすれば、追いかけられて深く唇を重ねられた。熱い唇が歯列を割って入ってきて、音を立てて口内を貪られる。口の中を犯す舌先に必死で応えていると、アルバートを受け入れている部分も呼応するように蠕動（ぜんどう）した。それでもなおアルバートが動いてくれないのがもどかしく、目の端からぽろりと涙がこぼれる。

ダリオの涙に気づいたのか、アルバートがキスをほどいてダリオの喉元をさすった。急所を撫でられているのに体から力が抜けるのはなぜだろう。溶け落ちそうな声を上げると、唇に熱っぽい吐息がかかる。

「俺の前ではこんなに無防備だ」

ぼやけた視界の中、アルバートが食い入るような目でこちらを見ている。興奮しきった目元が赤い。アルバートこそ、皆の前では見せない顔をしている。自分だけが知る顔だと思うと胸元にひたひたと歓喜が押し寄せた。アルバートも今、こんな気分なのだろうか。

アルバートはダリオの肩にキスをすると、身を起こして両手でダリオの腰を掴んだ。

大きな手でがっちりと腰を固定されて心臓が跳ねた。もう逃げられないという微かな怯えと、それを押しのける期待で心拍数が跳ね上がる。早く早くと急かすように内側が収縮して、自分を抑えようと必死でシーツを握りしめた。

アルバートがゆっくりと腰を引いて、内側がめくれ上がるような感覚に仰け反る。同じ速度で屹立を押し込まれると、奥まった場所にあるしこりが押し潰されて高い声が出た。そんな場所に性感帯があると知ったときはひどく戸惑ったものだが、今は素直に感じて声が出てしまう。前後にゆるゆると腰を動かされ、ダリオはシーツを掻きむしった。

「あ……っ、あ、あぁ……っ」

腰の動きを大きくしながら、アルバートが弾んだ息の下から囁く。

「そんなにいいのか。中が凄く動いてる」

「あ、あ……っ、ん、い……っ」

「いい？　ここかな？」

　ねっとりと腰を回されてひゅっと喉が鳴る。内側を先端で舐め回されて全身が戦慄（わなな）いた。背筋を駆け上がり後頭部を突き抜けた快感に声も出ない。全身を引き絞れば、背後でアルバートが熱っぽい息を吐く。

「は……っ、凄いな、搾り取られそうだ」

「あう、あ……っ、ぁ……」

「君は本当に奥が好きだな……？」

「あ、あぁ……っ！」

　最奥まで埋め込まれた状態で小刻みに腰を揺らされ、快感で目の前が白んだ。熟れ切った場所を先端でこねるように刺激されて内腿が痙攣（けいれん）する。強すぎる刺激に体が逃げを打ったが、後ろからしっかりと腰を掴まれて動けない。思う様突き上げられ、下腹部から甘い震えが駆け上がる。

　ダリオの腰を掴んだままアルバートが上体を倒してきて、項に荒い息遣いを感じた。余裕のない声で名前を呼ばれ、蕩けそうな内側を繰り返し穿たれてもう目も開けていられない。爪先を丸め、絶頂の予感に全身を引き絞る。

「あ、あぁ……あ……っ！」

　遠慮を捨てた腰使いで荒々しく突き上げられ、頭の芯が焼ききれるような快楽に呑み込まれた。体の内側が収縮して全身が跳ねる。どくどくと脈打つ心臓の音しか聞こえない。締めつけにアルバートが低く呻く。背中に押しつけられた胸の動きでアルバートの息も上がっていることがわかったが、内側に接したものはまだ硬度を保っていて、ほんの少し身じろぎされただけで心許ない声が漏れた。

アルバートは腰を摑んでいた手でダリオの下腹部に触れると、押し殺した声で囁いた。

「……凄いな、中だけでいったのか」

下腹部に触れられ、ようやく自分が達していたことに気がついた。これまでは前に触れられなければ射精しなかったのに。戸惑う間もなく再び揺さぶられて目を見開く。

「や、ま……っ、待ってくださ……っ」

「待たない。そんなによかったか。君、本当にとんでもなく可愛いな」

達したばかりで過敏になった体を容赦なく揺さぶりながら、アルバートは興奮しきった声で囁く。

体がついていかないと思ったのに、後ろからきつく抱きしめられるともう駄目だ。熱い体に押し潰され、香油交じりの汗の匂いに官能を掻き立てられて、体の芯でくすぶっていた火が息を吹き返してしまう。

後ろから深くキスをされれば制止の声も喉奥で押し止められ、最後は自ら腕を伸ばし、アルバートの首にすがりついてダリオも従順に快楽を追いかけた。

少しだけ、意識を手放していたらしい。

後ろ髪を撫でられる感触で目を開けると、アルバートが腕枕をしてダリオの寝顔を見ていた。目が合うと「もう意識が戻ったのか」と微苦笑を漏らす。

「少し無茶をさせてしまったから、朝まで寝かせてあげたかったのに」

「問題ありません。体力には自信がありますから」

とはいえさすがに声が掠れていた。不自然にならない程度に咳払(せきばら)いをして、アルバートの胸に頬を寄せる。肌を合わせた後、体の隅々に残る余韻を味わっていたダリオだが、アルバートの腕にうっすらと痣(あざ)があることに気づいて目を見開いた。

「これは……賊と応戦したときについたものですか？」

「そうだな。油断した」

「それほど手練(てだ)れだったということですか」

切り傷ではないにしろ、戦闘でアルバートが体に痕をつけるなど珍しい。眠気も吹っ飛んでアルバートを見上げれば、苦笑交じりにキスをされた。

「ピロートークでする内容じゃないだろう」

「重要なことです。城壁の警備に戻ったときのためにも知っておきたいので」

真面目だな、と笑いながらも、アルバートはかいつまんで賊の様子を話してくれた。

「周辺の村人が盗賊まがいのことをしたというより、もう少し統率のとれた……馬賊のような連中だったな。それなりの剣捌きの者もいた。何より引き際が見事だったよ。劣勢と見るや躊躇なくその場を去った。あれはかなり統率力のあるリーダーがいる。馬賊を装った他国の兵だったのかもしれない」

言葉を切り、アルバートは天井を睨む。黙って次の言葉を待っていると、かなり間を置いてからアルバートが口を開いた。

「馬賊にしろ他国の兵にしろ、市門を同時に二ヶ所攻めてきたのが気になる」

「二ヶ所？　南西の門を突破されかけたのではなかったのですか？」

「ああ。俺もすぐに南西の門に向かったんだがそちらは案外すぐに敵が引いて……城に戻ろうとしたら今度は東の門を突破されかけた」

アンテベルトには全部で三つの市門がある。一番大きな門は南西の門で、城に至る大通りに続いている。城の後ろには北門があり、こちらは出兵の際に使われることが多い。東門は最も小さな門で、王都周辺の村から運び込まれる野菜や家畜などを通す場所だ。軍隊がぞろぞろ入れるような門でもないので警備は一番手薄になっていた。

「南西の門を攻めたのは陽動で、最初から東の門を突破するのが目的だったように思える。東門が手薄なことを知っていたような手際のよさだ」

「……賊は誰かに手引きされてきたということですか？」

「可能性の話でしかないが」

　アルバートは天井を見上げたまま、抑揚の乏しい声で言った。

「滞在を延期してから、王子は妙に城の外に出るようになったと思わないか。視察と言いながら城下にも出向く。市門も興味深げに眺めていた」

「まさか、王子が自国の兵に情報を流してこの国に引き入れようとしたと？」

　天井を見ていたアルバートがやっとこちらを見た。

「可能性の話だ。確証はない。だが、最近王子が大臣たちに、しつこくドラゴンのことを訊き回っているのが気になる。コドラのことはオオトカゲだと納得したようだが、それとは別にドラゴンを隠しているのではないかと疑っているようだ。もしかすると、町で騒ぎが起これればドラゴンが出動するのではと期待したのかもしれない」

「そのために賊を手引きしたと……？」

　だとしたら問題だ。すぐにでも王子をこの国から追い出すべきではないか。

　深刻な表情になったダリオに気づいたのか、アルバートが苦笑を漏らした。

「君はすぐに顔に出るな。王子の前でそんな顔をするなよ。あの方は存外勘が鋭い」

　もう眠ろう、と肩を叩かれ、ダリオはアルバートの腕に手を添える。

「次に賊が出たときは、必ず俺も現場に向かわせてください」

「王子が許してくれたらな」

「貴方のお役に立ちたいんです。中には手練れもいるのでしょう」

アルバートの腕に薄く残る痣を撫でながら呟くと、「心配性だな」と笑われた。

「もうこんなヘマはしないから大丈夫だ。役に立ちたいというならこの先いくらでも機会はあるさ。君と俺は一対の翼なんだろう?」

以前コドラに向かって口にした言葉を繰り返され、今更のようにロマンチストが過ぎたかと耳を赤くする。

アルバートは柔らかな声を立てて笑い、ダリオの耳から項を優しく撫で下ろした。

「君は俺の片翼だ。いつまでもそうあってくれ」

あれほどダリオの欲を煽(あお)ってきた指先が、今は慈しむように肌を撫でて眠気を誘う。急速に瞼が重くなって、ダリオはアルバートの胸元に顔をすり寄せて目を閉じた。

お休み、という声が闇に溶け、頬に柔らかな唇が触れる感触を最後に、ダリオの意識も闇に沈んだ。


アルバートに撃退された賊たちは、その日を境に連日のように市門の前に集まってくるようになった。馬に乗った十人前後の男たちが、朝晩時間を問わず門の周囲をうろついている。

たまに門を突破しようと攻撃を仕掛けてくることもあるが、応戦すればあっさり引く。こちらから追いかけてもあっという間に散り散りになって追いきれない。賊が出れば必ずアルバートが駆り出され、ファルクの護衛どころではなくなってきた。

市門の防衛とファルクの警護を両立させるのは第六部隊の面々にとっても大きな負担だったが、ファルクが滞在するのはあと数日。やり遂げられると思っていた矢先、またしてもファルクが滞在延長を求めてきた。今度は一ヶ月ほど滞在期間を延ばしたいという。

この申し出に真っ先に異を唱えたのはアルバートだ。

ファルクが賊を手引きした証拠はないので、さすがにそれを理由に反対することはしなかったが、他国の人間を長く城に滞在させるのは得策ではないと声を張った。

対してファルク滞在に賛成を示したのは騎士団の上位部隊だ。自分たちがファルクの護衛をするわけではないからか、はたまたダリオがファルクに言い寄られているのを知って面白がっているのか、「両国のためにも王子の滞在に賛成です」などと言い出した。

騎士団のヒエラルキーを無視するわけにはいかず一度は引き下がったアルバートだが、ファルクが「最近アンテベルトの町は物騒なので夜間の警護はダリオに頼みたい」と言い出したときはさすがに黙っていなかった。

警護は交代制なのでこれまでもダリオが夜間に警護を行うことはあったが、今後は毎晩ダリオを部屋の外につけろと言うのである。敢えてダリオを名指しする理由がないとアルバートは断固拒否したが、他の大臣や貴族は「王子の機嫌を損ねるわけにはいかない」と聞く耳を持たない。そんなこんなでいよいよダリオまで話し合いの場に引っ張り出される羽目になったのは、ファルクがアンテベルトにやってきてから、ちょうど二週間後のことである。

「王子のご要望で今日より一ヶ月、夜の警護を任せたい」

滅多に顔を合わせることのない大臣たちが雁首(がんくび)揃えた大臣室に呼び出されたダリオは、部屋に入るやそう命じられた。その場にはアルバートの姿もあり、目顔で断れと訴えられたが無理な話だ。言葉少なに了解したダリオに代わってアルバートが食ってかかったが、「ダリオ自身がよいと言っているではないか」と大臣たちから退けられてしまった。

大臣室を出るなり、アルバートは低い声で呟く。

「……あの王子が賊を手引きしているとでも言ってやればよかった」

「証拠もないのに滅多なことは言われない方がいいのでは」

誰が聞き耳を立てているかもわからない城内だ。進言すると、隣を歩いていたアルバートがぴたりと足を止めた。ダリオも同じく歩みを止めれば、表情の読みとれない顔で見下ろされて腕を掴まれた。再び無言で歩き出したアルバートに腕を引かれて向かった先は、ファルクの警護をしている第六部隊のためにあてがわれた控室だ。

控室は人が出払っていて誰もいない。アルバートはダリオを壁際に追い詰め、苦々しい表情でその顔を覗き込んだ。

「なぜ王子を庇う。夜の警護もなぜ断らなかった？」

「あの状況では断れません」

「君はどうしてそう割り切れるんだ。自分がどんな目で王子に見られているかわかってるんだろう？」

ダリオは無言でアルバートを見上げる。目の下に濃い隈ができていた。不規則な睡眠と戦闘で疲れが出始めているのだろう。それにしても、アルバートがこんなに苛立ちを露わにするのは珍しい。

指を伸ばし、そっと目の下の隈をなぞると、「聞いているのか」と手を摑まれた。

「そんなに王子の機嫌を損ねたくないのか？」

「それもありますが、貴方が王子の不興を買わないか心配です」

「君に心配されるほど弱くはない」

「知っています。それでも相手は一国の王子ですから」

「そうだ、だから君だって夜伽を求められれば断れない。違うか」

アルバートの目がぎらつく。目の奥で青い炎が躍っているようだ。

ダリオはアルバートに手を摑まれたまま、なんとか指先だけ動かしてその頬を撫でた。

結果くすぐるような動きになってしまい、アルバートがわずかに肩を竦める。それでも噛みつくような視線はそのままで、ダリオは口元をほころばせた。

「断れませんが、あまり気にしません」

「気にしてくれ……！」

「俺はきっと、王子の夜伽をしながら貴方のことを考えます」

アルバートの手の力が緩み、ようやく頬に手が届いてダリオは笑う。

「戦場で自分の命が危機に瀕（ひん）しても眉ひとつ動かさない貴方が、こんなに慌てているんです。この顔を思い返すのに夢中で、他のことを考えている余裕はないと思います。王子はさぞつまらない思いをなさるのではないでしょうか」

虚を衝かれた顔をするアルバートの頬に唇を押し当てれば、自然と忍び笑いが漏れた。

「俺の貞操がそんなに心配ですか」

「……当たり前だ。そんなことで喜ばないでくれ」

「嬉しいです。他人に惜しまれたことなどないので」

戦場では命すら惜しまれず捨て駒にされるのだ。こんなふうに誰かに執着されるのも初めてでくすぐったい気分に浸っていたら、力一杯アルバートに抱き竦められた。

「……君は本当に」

呻くように呟いて、アルバートは深々とした溜息をついた。少しだけ冷静さを取り戻したのか、ダリオを抱く腕が緩む。

「そうだな、俺は君のことになると平静でいられないらしい。取り乱して悪かった」

「悪い気はしませんでしたので、お気になさらず」

互いの額を合わせ、アルバートがダリオの顔を覗き込む。その顔にはまだたっぷりと不満が残っていて、ダリオは軽く背伸びをしてアルバートの唇にキスをした。

アルバートは長い睫毛を伏せ、離れていくダリオの唇を名残惜しげに見送ってからもう一度ダリオを抱きしめた。

「ひとつだけ約束してくれ。甘んじて王子に体を差し出さないと」

反論しようとしたが言葉を封じるように強く抱きしめられ、肺に溜まっていた息がすべて出てしまった。

「君が逆らえないのは知ってる。それでも抵抗してくれ。俺のために」

骨が軋むほどきつく抱きしめられ、難儀しながらも息を吸って「承知しました」と応じた。口約束にしかならないだろうが、せめてアルバートを安心させたい。

「君が護衛をする間は俺も王子の部屋の前に立つ。コドラは兵舎に寝かせよう。それでいいな？」

頷けば、今度はアルバートからキスをされた。これは触れるだけでは済まず、控室に他の隊員たちがやってくるまでダリオは思う様唇を貪られることになったのだった。

日没が訪れ、アンテベルトの町を夜の帳が覆い隠す。

城内にろうそくの明かりが灯り、晩餐の匂いが漂い始めた。

ファルクの部屋の前に立ち、ダリオは懐かしい気分でその匂いを嗅ぐ。思い出すのは子供の頃、毒見役としてこの城にやってきたときのことだ。台所の片隅に並べられた料理は器こそ粗末だったが、食うや食わずの生活をする子供たちにとっては何にも比べがたいご馳走だった。

（あんな場面をアルバート様に見られているとは思わなかったが……）

自分より小さな子供たちのために毒見役を買って出たのは事実だが、毒がないとわかった後は皆と先を争うように料理を口に運んでいたはずだ。浅ましい姿を見てよく幻滅されなかったものだと今更のように身を竦ませる。

ダリオと同じく廊下の警護をするアルバートにそっと横目を向けてみる。曲がりなりにも職務中なので私語は厳禁だが、落ち着いたら当時のことを尋ねてみたいものだ。

とりとめのないことを考えているうちに夜は深まり、ファルクも食事を終えたらしい。

汚れた皿が部屋から運び出された。

今夜は娼婦を部屋に連れ込んだり大臣たちと賭け事をしたりする気はないらしく静かな

ものだ。ダリオを部屋に呼ぶ声もかからない。

このまま大人しく眠ってくれれば何よりだと思っていた矢先、廊下の向こうから第六部隊の隊員が走ってきた。

「隊長！　大変です！」

「また賊が出たのか？」

ここ数日何度も繰り返されたやり取りに、さすがにうんざりした顔でアルバートが応じる。息せき切って駆けてきた隊員は大きく頷き、「外を」と喘ぐように言った。

「外を見てください、火の手が……！　賊が門を破って、町に火をつけました！」

アルバートも、側にいたダリオも息を呑んだ。市門が突破されただけでなく火まで放たれたとは。

「すぐに行く、お前はここに残ってダリオと共に王子の護衛を続けろ」

アルバートは鋭く踵を返すと、急を報せに来た隊員とダリオを置いて廊下を駆けていく。

ダリオも追いかけたかったがファルクの護衛を放り出すわけにはいかない。わかっていてもじっとしていることができず、残った隊員に部屋の前の警護を任せ、廊下の端にある窓辺に駆け寄り町の様子を見渡した。

アンテベルトは夜なお明るい。酒場や娼館には煌々と火が灯り、民家の灯りもちらほらと見受けられる。

一見平和な町をぐるりと見回し、ダリオははっと息を呑んだ。青物通りがやけに明るい。明るすぎる。

(……建物に火がついている)

町は家々が密集している。火事になればあっという間に火の手が回り、近隣の建物も延焼は免れないだろう。アルバートはあの火の中で賊の制圧を行うのか。

賊を切り払うことは容易(たやす)くとも、火の手に巻かれれば命も危うい。現場に駆けつけられないことがもどかしくて足踏みすれば、どこかでガラスの割れる音がした。ファルクの部屋の方だ。

我に返って廊下を駆け戻ると、部屋の外にいた隊員が強張った顔で扉を見ていた。

「今、中から音がしなかったか?」

「した。何か割れるような……、まさか、窓ガラスか?」

「声をかけてみよう。王子、おう——」

廊下からダリオが声をかけると目の前の扉が勢いよく開いて、兜をかぶった男たちが飛び出してきた。一瞬、室内を警護していた第六部隊の隊員かと思ったが、男たちはダリオともうひとりの隊員を取り囲むと、問答無用で殴打して部屋の中へと引きずり込む。

後ろ手を取られ、兜を剝ぎとられて投げ捨てられる。すかさず側頭部を殴られ、がくりと膝が落ちかけた。痛みに呻きながら顔を上げれば、部屋の隅には室内を警護していた第六部隊の隊員が二人、折り重なるようにして倒れていた。

ベッドの前にはファルクの姿もあった。兜をかぶった男に後ろから腕をとられ、喉元に鋭いナイフを当てられている。

ダリオは息を呑み、素早く室内に視線を走らせた。

部屋の中にいるのは、隅で伸びている第六部隊の二人を除いて七名。ダリオとファルク、ダリオと共に部屋に引きずり込まれた隊員をそれぞれ後ろから拘束する男が三人と、さらにもうひとり。

まるでこの部屋の主人のようにテーブルに腰かけ、悠々とワインなど飲んでいる男の顔を見てダリオは目を瞠った。

「ジーノ隊長……！」

痩せこけた頬に髭を生やし、ぼうぼうと伸びた髪を乱雑に後ろで一本に束ねていたのはかつての第五部隊隊長、ジーノだ。

コップになみなみとつがれたワインを美味そうに飲んでいたジーノは、ダリオに気づくと「これはこれは」と芝居がかった仕草で両手を広げてみせた。

「久しいな、ダリオ。騎士団を除名されたお前とこんなところで顔を合わせるとは」

貴方こそ、という言葉をすんでのところで呑み込んだ。

ダリオに濡れ衣を着せた事実が明るみに出て、その他の余罪も追及されたジーノは騎士団からも、この国からも追放されたはずだ。それがなぜこんな場所にいるのか。

「おっと。動くと王子の喉を掻き切るぞ」

ダリオが身じろぎした途端、ジーノが陽気な口調で言い放った。応じるようにファルクを拘束する男がその喉元にナイフを押しつける。刃物を向けられたファルクは真っ青で、いつもの軽口も出てこない様子だった。

ダリオはジーノを睨みつけ、慌ただしくこの状況を整理した。賊が町に火を放ち、城の警備が薄くなったところで王子を襲うなんて、あまりにもタイミングがよすぎる。

「まさか……、市門を突破した賊を主導していたのは、ジーノ隊長ですか」

半信半疑で尋ねれば、ジーノがおかしそうに眉を上げた。

「ああ、そうだな。俺だ。ジーノ隊長だ。はは、懐かしい呼び名だな」

ジーノは否定もせずにへらへらと笑っている。かつての騎士団員がまさかと思ったものの、賊が警備の手薄な門を熟知していたことや、やけに統率がとれていたことなど、元隊長のジーノが率いていたのなら納得がいく。

「一体なんの目的で」

ジーノはテーブルに肘をつくと、酔って赤く濁った目でダリオを見た。

「そうだなぁ。戦場を駆け回り、かつては命がけで守ったこの町を——でも俺を追い出した町を、滅茶苦茶にしてやりたかったからかなぁ」

「そんな理由で……」

ジーノは目を見開いて、「そんな理由？」と繰り返す。

「なんだ、お前ならわかってくれると思ったんだがな。お前だってこの町を追い落とされたんだ。この国と民を恨まなかったわけじゃないだろう？」

「国に対する恨みはありません。あるとしたら貴方に対してです」

ジーノは鼻白んだように目を眇め、ダリオを拘束する男に目配せをした。すぐさまダリオのみぞおちに膝が叩き込まれ、たまらず苦い唾を吐く。

「相変わらずつまらん奴だな。まあ、もうひとつくらい理由を挙げるとすれば、そこの王子様をさらって身代金を要求することか」

コップに残っていたワインを飲み干し、ジーノはふらりと立ち上がる。

「というわけで、そろそろ行こうか。町で手下を暴れさせているとはいえ、いつこちらに目が向くかわからん。おいダリオ、お前、馬車の用意をさせろ」

ダリオはジーノを睨みつけるが、喉元にナイフを突きつけられたファルクを前にしては拒否できない。

ジーノは千鳥足でダリオに近づくと、ダリオと共に部屋に引きずり込まれた隊員の後頭部に容赦なく肘を打ち下ろした。

骨の軋むような鈍い音がして隊員が床に倒れ込む。これで室内に立っているのは六人。

そのうち四人がジーノの手下だ。

「そうだ。お前はこれを飲んでいけ」

床から拾い上げた兜をかぶったジーノが、テーブルの上に置かれていたコップにワインを満たしてダリオの鼻先に突き出した。とっさに顔を背けようとしたが、顎を摑まれ叶わない。口元にコップを押しつけられ、口を開くよう命じられた。

「相変わらず酒には弱いんだろう？　下手に抵抗されると面倒だ。王子に怪我をさせたくなければ大人しく飲め」

憤りに歯を食いしばったが、視界の隅では喉に刃物を当てられたファルクが青い顔で立ち尽くしている。なす術もなく唇を緩めればたちまち口の中にワインを注ぎ込まれ、含み切れなかったそれが唇の端からこぼれ落ちた。

「飲めよ。さあ、きちんと飲み下すんだ。足りなきゃもう一杯飲ませるぞ」

ダリオは眉根を寄せて必死でワインを飲む。コップに半分飲んだところで激しくむせてしまい、その様子を見たジーノが愉快そうに笑った。

耳障りな笑い声を聞きながら、ダリオは遠い昔に行われた査問を思い出した。酒の席でアルバートに対して行われた悪趣味な査問だ。第五部隊の面々が、隊長であるジーノを筆頭にアルバートを悪魔と罵り嘲笑した。

あのときは第六部隊の隊員たちもアルバートに罵声を浴びせるよう要求されたものだ。

けれどダリオはそれを断り、上長の命令に背くのかと叱責されて、今と同じように無理やり酒を飲まされた。

目の前に立つジーノは、あの頃のような貫禄（かんろく）もなければ上等な身なりもしていないが、顔を歪めるような笑い方だけはそのままだった。

残りのワインも無理やり飲まされ、早々に足元をふらつかせていると突然拘束が解かれた。支えを失い膝を尽きそうになったが、ジーノに襟首を掴まれ無理やり立たされる。

「いいか酔っ払い。今からお前は一階に行って馬車を用意するんだ。理由はなんでもいい。王子が国に帰ることになったとか適当に言っておけ。そして城の北口から外に出る。いいな？　妙な動きをしたら王子の首を掻き切るぞ。ついでにもうひとつ、一度でもお前が倒れたり膝をついたりしたら、やっぱり王子の命はないと思え」

しっかり歩けよ、と笑ってジーノはダリオを突き飛ばす。早速尻餅（しりもち）をつきそうになったが、必死でこらえた。

腹の底に落ちた酒が煮えたぎるように熱い。けれどまだなんとか歩ける。時間が経ち、酔いが回ってしまえば立っていることすら難しくなるだろうと、ダリオは素早く部屋の扉を開けて廊下に出た。ジーノがその後ろにつき、ダリオの背に何かを押し当てる。見なくともわかった。剣の切っ先だ。

先頭にダリオが立ち、その後ろにジーノが、さらにその後ろにファルクが続き、ファルクの周囲を三人の男たちが取り囲む。

町で出火したせいか城内はばたついていて、廊下ですれ違う者も固まって歩くダリオたちを振り返らない。ジーノたちは揃って兜をつけているし、第六部隊の隊員と思われているのだろう。

ダリオは城の外に出ると、御者を呼びつけ馬車の用意を急がせる。その頃にはすでに呂律が怪しくなっていたが無理やり押し通した。御者は困惑顔を浮かべたものの、騎士団の隊員に逆らう気はないらしくすぐに馬車の用意を始めた。

「おい、そこで何をしている？　騎士団の者か？」

ようやく馬車の準備が整ったところで大臣のひとりに声をかけられた。大臣はファルクを見ると目を瞠り「王子をどこへお連れするつもりだ」とダリオに詰め寄ってきた。

ダリオはすでに立っているのも精一杯で返事ができない。ここまでなんとか堪えていた吐き気まで襲ってきて、大臣から顔を背けると地面に向かって嘔吐した。

「な、なんだ、何事だ？」

困惑する大臣を見てジーノが舌打ちをする。大臣の背後に忍び寄り、今にも剣を振り上げそうだ。ダリオが覚束ない足取りで止めようとしたそのとき、ファルクが声を上げた。

「所用ができて帰国することになった。他の者たちに挨拶もなくすまないが、後日改めて礼に戻る。くれぐれも王によろしく伝えてくれ」

刃物を向けられているはずなのに、ファルクの声は普段通り堂々としていた。大臣は一層うろたえた顔で引き留めようとしたが、ファルクはその手を振り払って馬車に乗り込んでしまう。

「こ、こんな真夜中に危険では……！　町には賊も出ておりますし」

「案ずるな。貴国の騎士を護衛につけさせた。これも後日送り返す」

ジーノがダリオの腕を引いて無理やり馬車に引きずり込む。ジーノの部下三人は馬車には乗らず、馬に乗って後ろからついてくるようだ。馬車の窓から身を乗り出したジーノは大臣に向かって「北の門を開けさせろ」と短く告げた。

「し、しかし……」

「ファルク王子のご命令だ」

大臣はおろおろと辺りを見回したものの、ファルク本人からも「急げ」と命じられ、とうとう北の門を開けてしまった。

馬車が動き出す。ファルクの隣に座らされたダリオは、身を起こしておくこともできずぐったりとファルクに凭れかかった。自分は王子を守らなければいけないのになんて様だ。自己嫌悪に陥っていたら、ファルクの肩が小さく震え始めた。

怯えているのか。せめて一言大丈夫だと伝えなければ。命に代えても王子は守る。そう口にしようとしたダリオだが、見上げたファルクの顔にはなぜか笑みが浮かんでいた。

「思ったよりも大事になってしまったな」

ファルクは馬車の窓枠に肘をつき、口元にゆったりとした笑みを浮かべている。向かいに座るジーノも「仕方がないでしょう」と口調を改めているが、何が起こっているのか。馬車は市門を抜けて町の外に出る。舗装もされていない道を走るので車体の揺れが激しい。馬車に乗る前に吐いたおかげで少し楽になっていたのに吐き気がぶり返して俯けば、ジーノが爪先でダリオの足を蹴ってきた。

「おい、中で吐くなよ。王子も物好きですね。こんな朴念仁をご所望とは」

「無礼だぞ。ダリオは私の側室だ。国に戻ればお前など近づくこともできなくなる」

ファルクに肩を抱き寄せられ、ダリオはきつく眉根を寄せる。

なんだ、この二人の会話は。先程までファルクはジーノたちに剣を突きつけられて青ざめていたのではなかったか。それなのにこの話しぶり、とても初対面とは思えない。

俯いて唸るばかりのダリオをよそに、二人の会話は淡々と続く。

「こいつを連れ去るだけなら殴って気絶させてもよかったでしょうに。わざわざ王子が人質になる必要なんてありましたか？」

「当然だ。ダリオは自分のことになると命を惜しまん。私が人質になっていなければ、多勢に無勢だろうと大人しくはしていなかっただろう。それに、彼に傷をつけたくはないからな」

「……大変な入れ込みようで」

ジーノの声に呆れが混ざる。

酔った頭はいつにも増して思考力が低下していたが、ようやくジーノとファルクが共犯だと理解して必死でファルクに視線を向けた。

「王子……なぜ……」

馬が大地を蹴る音と車輪の音に掻き消されそうな声だったが、ファルクはダリオの声に気づいて艶やかに微笑む。

「アンテベルトの騎士団を動かす程度の騒ぎを起こしてくれる賊を探していてな。たまたまこのジーノに声をかけられたのだ。自分なら町はもちろん、城の中のことも熟知しているからと」

「期待以上の働きをしましたでしょう?」

胸を反らすジーノを後目に、なぜ、とダリオは繰り返す。アンテベルトを攻略するならもっと大掛かりな兵を引き入れるべきだ。ほんの数十人の賊を町に放ち、騎士団を出動させて何がしたい。

酔って口は回らなかったが、ファルクはダリオの言いたいことを察したらしい。荒い息を吐くダリオの髪を撫で、子供に言い聞かせるようにゆっくりとした口調で言う。

「アンテベルトにはドラゴンがいるらしいな?」

ダリオは息を呑み、今だけは泥酔していることに感謝した。呼吸も視線も乱れに乱れたが、それが相手の質問によるものなのか、酒によるものなのかを曖昧にしてくれる。

ダリオの髪を一筋掬い取り、ファルクは軽く肩を竦めた。

「だが、馬鹿正直に尋ねたところでそなたたちは真実を明かさぬだろう。大臣たちにも随分と金をばらまいたが誰ひとり口を割る者はいなかった。だからと言って戦争を仕掛けて、本当にドラゴンが出てきては勝負にもならん。だから町に賊を放ったのだ」

「ですが結局騎士団はドラゴンを連れてきませんでしたね。消火活動に手を割く分、人手が足りなくなるのでさすがにドラゴンのお出ましかと思ったんですが」

「そうだな。やはりあれは単なる噂話か」

いささか残念そうに呟いて、ファルクはダリオの後ろ首を撫でた。

「本当にドラゴンがいるのであれば、その主人を見つけて首を刎ねておこうと思ったのだがな。主人が死ねばドラゴンも空に帰る。我らの脅威も去るというものだ」

急所を撫でられ、ダリオの背筋に震えが走った。

ドラゴンを倒すより、その主人を亡き者にする方が労力が少ないのは当然だ。他国にドラゴンの存在を知られるということは、その主人である自分の命が真っ先に狙われるということなのだと初めて自覚した。

ごくりと生唾を呑むダリオの横で、ファルクは明るく言い放った。

「ドラゴンはいなかったが、こうして新たな側室を迎えることができたのだからよしとしよう」

「そんなにその男が気に入りましたか？」

「ああ。婚約者に操立てする健気な男だ。私の誘いを真っ向から蹴ってきた。実に珍しい。案外可愛らしいところもあるしな」

「そんなふうには見えませんけどねぇ……」

ジーノは興味もなさそうにダリオから目を逸らし、ファルクに詰め寄る。

「それより王子、こうしてお望みのものも手に入れたのですから約束はお忘れなく。貴方の国で、俺は貴族として迎え入れられるのでしょう？　間違いありませんね？」

ようやくジーノがファルクに加担した理由を理解し、ダリオは喉の奥で低く唸った。仮にも騎士団にいた男が、私欲のために国を売るなど到底許せるものではない。

せめてもう少し酔いが醒めればジーノだけでも馬車の外に蹴り出すことができるのに。

そっと拳を握ってみたがろくに力が入らず、指先の感覚も曖昧だ。

上下に揺れる馬車の中、必死で吐き気をやり過ごしながらどれほどの時間が経っただろう。時間の感覚も曖昧になってきた頃、ふいに馬車の速度が落ちた。

「見ろ、ダリオ。迎えの兵が来ているぞ」

ファルクが窓の向こうを指す。外は見渡す限り荒涼とした大地だ。ジフライルの城まではまだ距離があるはずだが、遠くに蛍のような赤い火が見えた。酔っているせいで二重、三重にだぶって見えるが、恐らく松明の光だろう。馬に乗った騎士たちが火を掲げている。

やがて完全に馬車が止まり、戸惑う御者をよそにジフライルの兵士たちが馬車の扉を開けた。まずはファルクが馬車を降り、ジーノがダリオを抱えて外に出た。馬車の横には、ジフライルの兵士たちが引いてきたのだろう四頭立ての豪奢な馬車が待ち構えている。ここからはこちらに乗り換えてジフライルに向かうようだ。

ファルクに続き、ダリオもジフライルの兵に抱え上げられて馬車に乗り込む。大人しくファルクの隣に腰を下ろし、もう一度拳を握ってみた。前よりはしっかりと手を握れた。指先の感覚も戻りつつある。踵で馬車の床を蹴ってみればなんとか足も動いた。逃げるなら今か。しかし馬車の周りには数十人の兵士がおり、馬もない今、逃げおおせることは難しそうだ。

どうしたものかと考え込んでいると、馬車の外で悲痛な声が上がった。

「おい！　どうしてだ！　どうして俺は馬車に乗れない⁉」

何事かと窓の外へ目を向けると、ジーノがジフライルの兵士たちに取り囲まれ、罪人のように縄をかけられているところだった。

ダリオの隣に座っていたファルクが窓の外へと顔を出すと、ジーノが助けを求めるようにその場に膝をついた。

「王子！　こいつらに説明してやってください！　俺は貴方の命令に従って、貴方に何ひとつ危害を加えることなくここまでお連れしただけです！」

「そうだな。そなたはよく働いてくれた。褒めて遣わす」

　ほっとしたように表情を緩めたジーノに、ファルクは華やかな笑みを向ける。

「元騎士団でありながら、自国を裏切ることに何ひとつ良心の呵責（かしゃく）を覚えないその心根には恐れ入る。すっかり腐り果てているようだ。一度は忠誠を誓った王を軽々しく裏切るような男、いつ私のことを裏切るともわからんな」

　笑顔を浮かべかけていたジーノの顔が強張った。もともと血の気の悪かった顔は一層青ざめ、遠目にも体を震わせているのがわかる。

「そんな……！　自分は、王子のことは裏切りません！」

「それと同じ口でアンテベルトの王に忠誠を誓ったのであろう？　お前のような二枚舌を我が国で自由にさせるわけにはいかんな。連れていけ」

　兵士たちに短く命じ、ファルクは馬車の中に顔を戻してしまう。すぐに馬車が動き出し、後方でジーノの悲鳴じみた絶叫が響き渡った。

　唖然（あぜん）とするダリオをよそに、ファルクはもうジーノのことなど頭にもない様子で大きく伸びをした。

「やはり先程の馬車は乗り心地が悪かったな。なんだあれは、荷馬車か？　あれに比べれば我が国の馬車は乗り心地がいいだろう」

　ファルクの言う通り、こちらの馬車は座席が広く布張りで、ベッドのように柔らかく体を受け止めてくれる。ファルクが窓のカーテンを閉めてしまえば外から中の様子を窺うこともできない。天井からはオイルランプが吊るされ、カーテンで外からの光を遮断しても中は明るいままだ。

　馬車の中にはダリオとファルクしかいない。頬にファルクの視線を感じて顔を向ければ、前触れもなく背中から座席に押し倒された。

「城まではまだしばし時間がかかる。時間潰しにちょうどいいことをしよう」

　上からファルクがのしかかってきて、ダリオはもう一度拳を握りしめる。

　酒さえ入っていなければファルクを押しのけることなど造作ない。今だってファルクを突き飛ばして馬車から飛び下りるくらいはできるだろう。

　だがその先はどうする。自分が生かされているのはファルクの気まぐれでしかなく、ダリオが激しく抵抗すれば、外にいる兵士たちは躊躇なくダリオに剣を向けるだろう。

　無理やり逃げて命を落とすより、ここはいったんファルクに従い、時機を見て逃げ出した方が勝算は高い。結論を出すや拳を緩め、ダリオは全身を弛緩させた。

　ダリオに抵抗する意思がないと見てとったのか、ファルクは意外そうに眉を上げる。

「よいのか？　婚約者がいるのだろう？」

ダリオは何も言わずファルクを見上げ、それから静かに目を閉じた。

夜伽をする覚悟ならとうにできている。命さえ奪われなければ何をされても大した問題ではない。それよりも、一刻も早くアンテベルトに戻れるよう今は体力を温存しておきたかった。

「なんだ、よほど抵抗されるかと思ったのだが、張り合いがないな」

ファルクはダリオの鎖帷子をめくり上げ、その下のシャツをズボンから抜いて、直接肌に手を這わせてくる。アルコールで肌が火照っているせいかファルクの指は冷たく感じた。腹の上を蛇が這っているようだ。愉快な気持ちではないが、取り乱すほど不快でもない。

「派手な傷痕だな」

シャツをめくり上げたファルクは、ダリオの肌に残る傷痕を見て眉を顰める。戦士の体に傷があるのは当然なのに、まるで予期せぬものを目にしたような顔だ。

盾すら武器の代わりにしてしまうダリオは一度剣を抜くともう攻撃一辺倒で、その分敵から反撃を受けることも多い。脇腹に走る刀傷や、みぞおちに残る大きな火傷、他にも数えきれない細かな傷が体中に残っている。

「痛々しいものだな。だが、私の側室になれば新たな傷を作ることもあるまい」

ファルクは服から手を引き抜くと、シャツの上からダリオの腹を撫でる。ダリオは相変わらず目を閉じたまま、アルバートのことを考えていた。

アルバートは時折、ダリオの体に残る傷をいたずらに指先で辿った。肩や背中や腹に残る傷も余さず撫で、たまに口づけて、笑いながら言ったものだ。「戦士の勲章だな」と。

体に傷ひとつないアルバートに古傷を撫でられるのは、自分の未熟さを直視するようでいたたまれなかった。けれど傷を辿るアルバートの手は愛しげで、こんなふうに撫でてもらえるなら悪くないなとすら思ったものだ。

再びファルクがのしかかってきて首筋にキスをされる。

喉元は急所だ。同じ場所にアルバートが嚙みついてきたときは体の芯を甘い痺れが走ったのに、他の人間にそうされると本能的な危機感を覚えて体が強張った。

こんなときに、自分がどれほどアルバートに心を預けてきたのかを実感する。と同時に、他人にのしかかられてなおアルバートのことしか考えられない自分がおかしかった。

(多分、王子に何をされても声ひとつ上げられないだろうな)

身じろぎもせず目を閉じて、確信に近い強さで思う。しかしあまりに無反応では道中で飽きられ、斬り捨てられてしまうかもしれない。これは加減が難しい、などと他人事のように考えていたら、ファルクに顎を摑まれた。

わずかに目を開けると、ファルクの顔が鼻先まで迫っていた。唇に息がかかり、キスをされるのか、とぼんやり思う。恋人同士でもあるまいし。存外ロマンチストな王子だ。

ファルクの顔が目の前まで近づいても、ダリオの心はまるで乱れなかった。

アルバートが相手ならこうはいかない。顎を捉われた時点でもう心臓が暴れ出す。目を伏せた美しい顔から視線を逸らすことができず、「こういうときは目を閉じるんだよ」と苦笑されたことも一度や二度ではなかった。唇に吐息を感じれば息も止まり、苦しいのに待ち焦がれて、最初のキスはいつも上手くいかなかった。

最後のキスは半日前、城の控室で交わした。背伸びをして、珍しく自分からキスをしたダリオを見て、アルバートは少し困ったような顔で「約束してくれ」と言った。耳の奥で、苦しそうな声が鮮明に再生される。

『君が逆らえないのは知ってる。それでも抵抗してくれ。俺のために』

車輪が石に乗り上げたのか、馬車が大きく揺れてファルクの唇が逸れた。冷たい唇が頬を掠め、ああ、とダリオは小さく息を吐く。

耳の奥で蘇（よみがえ）った一言で、ふいに心がさざ波立った。

アルバートの言葉選びは正確だ。ダリオが自分を二の次にしがちなことをよくわかっていて、「自分を大切にしてくれ」なんて役にも立たない言葉は遣わなかった。

俺のために、と言われた。

ダリオの数少ない急所を衝く言葉だ。

この体を他人に差し出すことに抵抗はないが、アルバートが悲しむのなら阻止したい。

腹の底からそんな思いが噴き上げてきて、ダリオは再び顔を寄せてきたファルクの腹を手加減なく蹴り飛ばした。

　思った以上に酒は抜けていたらしく、ファルクの体が吹っ飛んで馬車の扉にぶつかる。大きな音を聞きつけたのか、外から兵士が「いかがされました！」と声をかけてきたが、ファルクは「大事ない」と返して立ち上がった。

「そうだな、やはり少しばかり抵抗してもらわないと張り合いがないものな。いいぞ、好きなだけ暴れるがいい」

　起き上がるより先に、再びファルクがのしかかってきた。暴れるが今度はファルクも容赦なくみぞおちに膝を入れてくる。大分酒は抜けてきたが、上から体重をかけて関節部分を押さえ込まれるとさすがに跳ね返すことが難しい。

　せめてもう少し酒が抜けるまで待つべきだったか。無駄とは知りつつ足をばたつかせていると、馬車の外で兵士の声がした。中の様子が気になって声をかけているのだろう。しかしファルクもダリオを押さえつけるのに必死で応じている余裕がない。そのうち段々外の声が大きくなってきて、さすがに無視できなくなったのかファルクが声を張り上げた。

「なんだ！　うるさいぞ！」

「申し訳ありません、王子！　ですが、追手が――」

　言葉が終わるのを待たず、激しく金属がぶつかり合う音がした。鍔迫り合いに似た音が続き、次いで重たい麦袋が地面に落ちるような音が響く。気がつけば馬車が速度を上げていて、外では兵士たちの怒号が飛び交っていた。何かに応戦しているようだ。怒声と馬のいななき、誰かが落馬する音がして、悲鳴は一瞬で後方に遠ざかる。

「おい……どうした、何事だ！」

ファルクが声を張り上げるも、外からの返答はない。馬車を引く馬の足音と、車輪が回る音が響くばかりだ。

馬車の窓はカーテンが閉まっているので外の様子がわからない。さすがにファルクもうろたえた顔になってカーテンへ手を伸ばす。次の瞬間、凄まじい音を立てて馬車の窓枠が吹っ飛ばされた。

窓の外から何かが飛び込んでくる。ファルクが身を仰け反らせてぎりぎり避けたそれは、鞘に収まった剣のようだ。それはすぐさま引き抜かれ、窓にかかったカーテンが外から引き千切られる。

「こちらにいらっしゃいましたか、王子」

聞き慣れた声に目を見開いて、ダリオは背もたれにすがりつくようにして身を起こした。

誰かがひょいと馬車の中を覗き込む。

車内で激しく揺れるオイルランプが照らし出したのは、微笑を浮かべたアルバートの顔だ。

アルバートは馬に乗り、馬車と並走して中を覗き込んでいる。ダリオたちが姿を消したことに気づいて追いかけてきたのだろう。それにしても行動が早い。ダリオだけでなくファルクも啞然とした顔をしていたが、驚きから立ち直ると背後にダリオを隠した。

「そなたの婚約者ならすでに我がものとなったぞ！　別の男に抱かれた者を伴侶にする気か？　その気がないなら帰ってもらおう！」

「……っ、お、俺は……っ」

まだ何もされていない、と弁解しようとしたらまたしても馬車が跳ねて舌を嚙んだ。せめてファルクの体を押しのけようとすれば、その向こうからアルバートの声が飛んでくる。

「彼はすでに私の伴侶です。神の御前で誓いを立てずとも、私のものですよ」

驚いたことに、アルバートの声には笑いが滲んでいた。

「貴方がダリオを凌辱したとして、彼の高潔な魂まで汚すことはできません。彼の肉体と魂がそこにあり、私を求めてくれるなら喜んで連れ帰ります」

常にないスピードを出しているせいか馬車が激しく揺れ、ファルクの体がふらついた。視線を遮っていたものが消え、窓の外にアルバートの顔が見える。慌てて追いかけてきたのか兜もつけておらず、おかげで表情がよく見えた。唇は美しく弧を描いているが、目はまったく笑っていない。獲物を見据える獣のような目でファルクを見ている。

ファルクが後ずさりしたとき、馬車の背後から男たちの怒鳴り声が響いてきた。ジフライルの騎士たちが馬車とアルバートを追いかけてきたらしい。

アルバートはちらりと背後を振り返ると、「失礼」と一言残して手綱を引く。

馬車の後方で男たちが言い争う声がする。「相手はひとりだ！　囲め！」と叫ぶ声がして、アルバートが単身自分たちを追いかけてきたことを知った。ファルクもそれがわかったらしく、強張っていた顔がにわかに緩む。

「馬鹿め、たったひとりで追いかけてくるなど死にに来たようなものだ。護衛の者は一小隊近くいるのだぞ」

いくらアルバートが悪魔のごとき強さを誇っていても、さすがにひとりで小隊に立ち向かうのは自殺行為だ。ダリオはいてもたってもいられず馬車から飛び下りようとしたが、後方から尋常でない悲鳴が上がる方が早かった。

窓の向こうがカッと明るくなって、後ろから熱風が噴きつけてくる。夜明けにも似た眩(まぶ)しさに目を瞠り、ダリオは這うように窓に近寄り外を見た。ファルクも窓から身を乗り出し、二人揃って目撃したのは闇の中に立ち上がる巨大な焔(ほむら)だ。

馬に乗った兵士たちが次々炎に呑まれていく。兵士たちが身に着けた鉄の鎧は一瞬で赤く色づき、皆悲鳴を上げて馬から転げ落ちていった。

「な、なんだあれは……!?」

ファルクが窓から身を乗り出す。炎の中心にいるのはアルバートだ。アルバートの肩口から火が噴き出ている。

目を凝らし、ダリオは鋭く息を呑んだ。アルバートの肩で大きく翼を広げ、近づく兵士に向かって火を吐いているのはコドラである。

ファルクもコドラの姿を見たのだろう。「ドラゴンか！」と大声で叫んだ。

「ドラゴンの主人はあの男だったのか！　くそ、よくもオオトカゲなどと……！」

違う、コドラの主人はダリオだ。アルバートは一体どうやってコドラを従わせているのだろう。見当もつかなかったが、アルバートはコドラの炎と自身の剣を振るって追手を次々斬り伏せていってしまう。

いよいよ追いかけてくる者がいなくなると、アルバートは再び馬を速めて馬車の前に回り込んだ。御者も観念したのか馬車の速度が落ち、やがて完全に車輪が止まる。

馬車の扉が開け放たれ、外からアルバートの声がした。

「ダリオ、おいで」

主人に呼ばれた猟犬よろしく体が動いた。まだ動きの鈍い体を無理やり動かし、追いかけてくるファルクの手をかいくぐり馬車から飛び下りる。

馬車の外ではアルバートが腕を広げて待ち構えていて、軽々とダリオを抱き止めてくれた。アルバートの肩にいたコドラもダリオの肩に飛び移ってくる。ぐるぐると喉を鳴らしながら興奮した様子で左右の肩を行ったり来たりするのはいいのだが、いつの間にかコドラは大分重たくなっていて、その場に膝をつきそうになった。

気が緩んだところで反対側の扉が蹴り開けられ、馬車からファルクが降りてきた。憤怒の形相を浮かべ、手には剣を持っている。

アルバートは足元の覚束ないダリオを下がらせると、自分も剣の柄に手をかけた。

「王子。彼は私の伴侶だとお伝えしたはずですが、私と決闘をなさるおつもりで？」

ファルクは鼻先でアルバートの言葉を笑い飛ばし、鞘から剣を引き抜いた。

「そなたに剣が抜けるのか？　アンテベルトの王と我が父は友好な関係を築いている。私に剣を向けることは我が国に剣を向けること。我が国との和平を望むアンテベルト王に反旗を翻すことにもなるのだぞ！」

　馬車から漏れる明かりを受けて、闇の中でファルクの剣がギラリと光る。

アルバートは相変わらず口元に笑みを浮かべたまま、鞘からすらりと剣を抜いた。

「辞世の言葉はそれでよろしいか、王子」

アルバートとファルクの間には数メートルの距離があったが、剣先を向けられたファルクは喉元に切っ先を突きつけられたかのごとく顔を強張らせる。

「わ、私に剣を向けるか。アンテベルト王の意向に背いて。それとも国を捨てる気か？」

アルバートはファルクに剣を向けたまま、いいえ、と穏やかな声で答える。

「いざとなれば国を捨てることも厭わぬ覚悟でおりましたが、我が王は最愛の伴侶を奪われた私の怒りと絶望を理解してくださいました。騎士の名に懸けて奪還せよとの命を受け、こうしてダリオを追いかけてきた次第です」

「……王が認めたと？」

　春の夜はまだ寒く、吹きつける風が体温を奪っていくというのに、ファルクの頰には汗が伝っている。冷や汗だろうか。脂汗かもしれない。

　顎先を滴った汗が地に落ちた瞬間、アルバートの顔から笑みが消えた。

「我が国はすでに貴国を見限っている。ここで態度を改めないのなら、貴方の首を取って宣戦布告の証といたしましょう」

　荒涼とした大地に響くアルバートの声は凍えるほどに冷淡だ。後ろで聞いているダリオですら、冷え切った剣先を向けられた気分になって身震いした。正面からそれをぶつけられたファルクなどその比ではなかっただろうが、一国の王子たる自負があったのか、剣を落として命乞いをする無様は演じなかった。それどころか剣を構えて突っ込んでくる。

　その姿は勇敢ですらあったが、やはり剣士の動きではない。大きく剣を振りかぶった時点で、これは胴を斬られる、とダリオは予測した。

　けれどアルバートはがら空きの胴に一撃を浴びせることはせず、ファルクの剣を正面から受け切って鋭く弾いた。ファルクが剣の重さに振り回されてよろけたところに素早く踏み込み、互いの爪先がぶつかる距離でその喉元に剣を押し当てる。

「倒れるなら後ろに。前に倒れれば首が落ちます」

刃を押し当てられたファルクの喉から、つぅっと一筋血が伝い落ちた。ファルクの手から剣が滑り落ち、アルバートの助言を受け入れたように後ろによろけて尻餅をつく。

胴を切らず相手の剣を受けたのも、首を刎ねなかったのも、戦い慣れていない相手への温情だ。ファルク自身もそれがわかっているらしく、恥辱で顔が赤黒く染まっていた。

アルバートは剣を納めるとファルクに背を向け、まっすぐダリオのもとへやってくる。

「――無事でよかった」

片腕で抱き寄せられて胸が詰まる。あっさり連れ去られたふがいなさを謝るべきか、助けに来てくれたことに礼を述べるか、迷っていたら遠くで低い地響きがした。

闇の向こうでちらちらと揺れる蛍火が、地鳴りのような音と共に近づいてくる。見覚えのあるそれは、馬上の兵士が掲げ持つ松明の光だ。

一瞬、アンテベルトの兵士たちが援護に駆けつけてくれたのかと思ったが、方向から考えて違う。あれはジフライルの兵たちだ。数は十、二十、近づくにつれさらに大きな数だと知れる。五十は下らないだろうか。

自国の兵の姿を見て、ファルクの顔に血の気が戻る。その場に立ち上がり、アルバートに向かって指を突き立てた。

「油断したな、ここはもう我が領土！　兵は次々やってくるぞ！　ドラゴンの炎をもってしても戦いきれる数ではあるまい！」

　ファルクが喋っている間も兵の一団は迫りくる。肩口でコドラが唸り、ダリオも両足で地を踏みしめた。まだ酔いは残っているが、剣を振るうことはできそうだ。

「隊長、自分も応戦できます。先駆けはお任せください」

　いざとなれば自分が足止めをして、アルバートだけでも逃がしたい。そう思ったのに、アルバートは剣を抜くことすらせず笑っただけだった。

「君に隊長と呼ばれるのも、なんだか随分と久しいな」

「そんなことを言っている場合ですか……！」

　こんな状況にもかかわらず笑っていられるアルバートの気が知れない。そうこうしている間もジフライルの兵は距離を詰め、ダリオたちが乗ってきた馬車を挟んで馬を止めた。先頭には身なりのいい男性の姿がある。鎧を着ていないところを見ると貴族だろうか。不思議に思っていると、それまで余裕綽々だったファルクが裏返った声を上げた。

「ち、父上！　わざわざいらっしゃったのですか⁉」

　ダリオはぎょっとしてもう一度馬上の貴人に目を向ける。白いシャツに白いズボンを穿き、臙脂色のベストを着た男性は口元に豊かな髭を蓄えている。ファルクの父親ということは、彼こそがジフライルの王、サルマンだ。

　アルバートがその場に膝をつき、ダリオも慌ててそれに倣う。まさかこんな荒れ地まで王自らやってくるとは思わなかった。一体何が起こっているのだと混乱しながら顔を伏せる。

馬上から下りてきたサルマンに、ファルクが慌てた様子で駆け寄った。

「父上、こやつらはドラゴンを従えております！　不用意に近づいてはなりません。先にこの男の首を刎ねるべきです！　そうすればドラゴンも空に帰りましょう！」

ファルクがアルバートを指さして叫ぶ。ダリオは身を固くして、近づいてくるサルマンの動向を窺った。もしもアルバートが剣を突きつけられるなら、自分が盾になるつもりで全身を緊張させる。

サルマンはファルクを一瞥すると、重々しい声で言った。

「貴様は黙っていろ。この馬鹿息子が」

えっ、とファルクが声を詰まらせる。鳩が豆鉄砲を食ったような顔で立ち尽くすファルクを置き去りにしてアルバートの前に立ったサルマンは、剣を抜くどころか、アルバートと目線を合わせるようにしてその場に膝をついた。

「アンテベルトの騎士殿、どうか顔を上げていただきたい。このたびは我が愚息がご迷惑をおかけして、大変に申し訳なかった」

「ち、父上……？」

「貴殿の王から手紙をいただいた。我がジフライルと末永く平和な関係を築きたいとありがたい言葉を賜っておる。どうかこのたびのことはご容赦いただき、愚息の処分はこちらにお任せ願えぬか」

「父上、なぜそんな者に頭を下げるのです！」

納得のいかない様子でファルクが声を荒らげると、サルマンの口髭が揺れた。どうやら長い溜息をついたらしい。サルマンは肩越しにファルクを振り返ると、地を這うような低い声で言った。

「珍しく和平の使者にと名乗りを上げたから行かせてみればこのような事態を引き起こしおって……。貴様の首を詫びの品としてアンテベルト王に献上してもよいのだぞ？」

冗談とも思えぬ口調にファルクの顔が青ざめる。口を動かすものの言葉が出てこないらしく、川から引き上げられた魚のような有り様だ。

「恐れながら、我が王もそのような物騒な品は望まぬでしょう。我ら騎士団も、両国の平和な関係が続くことを心より祈っております」

アルバートが改めて深く頭を下げ、サルマンも応じるように頷いた。

「では、我らは兵士の手当てがあるゆえ、これにて失礼させていただく。よろしければお帰りの際は、この馬をお使いなさい」

そう言ってサルマンは立ち上がると、自身が乗っていた馬をアルバートへと引き渡し、背後に控えていた兵士たちに負傷者の救護に向かうよう指示を与え始めた。呆然と立ち尽くすファルクには目もくれない。

ダリオもファルクと同じくまったく状況が理解できなかったが、アルバートに促されて立ち上がる。肩にコドラを乗せたままアルバートの連れてきた馬に乗れば、アルバートも早速サルマンから下賜された馬にまたがり、ダリオと並んでその場を離れた。

「ダリオ、怪我はないか？　酒を飲まされているようだが、馬には乗れるな？」

問われて確かめるように手綱を握りしめた。指先の感覚はほぼ戻っている。正面から吹く冷たい春の風が頭を冷やしてくれるようで、しっかりと頷いて馬の腹を蹴った。

馬が走り出してすぐ、そっと背後を振り返ってみた。隙をついて後ろから奇襲をかけられるのではと案じたが、ジフライルの兵士たちが追いかけてくる様子はない。兵士たちが持つ松明はあっという間に遠ざかり、やがて闇に呑まれて見えなくなった。

ダリオは詰めていた息を吐き、改めてアルバートを振り返る。

「一体どういうことですか？　まさかジフライルの王が自ら出向いてくるなど……」

「我が王が送った手紙が届いたんだろう。風向きが変わったことに気づいて慌ててファルク王子を迎えに来たら、途中で俺たちと遭遇したんだろうな」

「手紙とは、一体どんな……？」

馬を走らせながら、アルバートがちらりとダリオを見る。さてどこから説明しようかと考え込むような表情だ。

「数年前、ジフライルが領土を広げていた時期があるのは覚えているだろう？　あのときジフライルに侵略された国は四つ。サルマン王にとって他国の城壁を突破することは容易でも、民の心を掌握することは難しかったらしい。現状、ジフライルは内戦続きだ。そこに我が王が手紙を送った。国内のいざこざを鎮圧するのに手を貸すと」

「なぜそのような……?」

「代わりに貿易協定を結ぼうと申し出た。ジフライルには大きな港がある。外国からやってくる品物を安く仕入れて、周辺国に高値で売っているのは有名だ。そこで適正価格の制定を求めた。乱暴に言えば、言い値で売れ、ということだな。断るのなら鎮圧に手は貸さない。むしろジフライルからの独立を目指す国々に兵を送ると書いて送ったらしい」

「それはほとんど脅しでは?」

アルバートが声を立てて笑う。ダリオの言葉を否定するつもりはないらしい。代わりに

「我が王は抜け目がないんだ」と機嫌よく応じた。

「慈悲だけで国は治められない。それに王は周辺国の力関係もよく見極めていらっしゃる。ジフライルに真っ向から挑むのは難しくとも、ジフライルに侵略された国々と手を組めば十分にやり合えることを理解しているんだ。その上で、今回はジフライル側につくことを選ばれた。今はまだ反旗を翻すときではないと判断されたんだろう。前王は単純に国土の差を比べてジフライルを恐れていたが、新王は隙を見て攻め込むかもしれないな。ドラゴンという切り札もできたし」

アルバートが言い終わらぬうちに、肩に乗っていたコドラがずるりと胸の方に落ちてきた。何かと思えば半分目を閉じた状態でうとうとしている。

「派手に火を噴いたから疲れたんだろう」

コドラを片腕で抱き止め、ダリオは困惑顔を浮かべた。

「王子は貴方がドラゴンの主人だと勘違いしていました」

「だろうな。次から戦場では真っ先に俺が狙われる」

ドラゴンの主人はドラゴンを地上に引き留める唯一のくさびだ。諸国から命を狙われる羽目になったというのにからりと笑うアルバートを見て、ダリオは眉根を寄せた。

「ついさっきだって、勘違いされたまま首を刎ねられたかもしれないんですよ」

「それはない。あの場で俺の首を斬ればそれが開戦の狼煙(のろし)となる。ドラゴンがいなくとも、アンテベルトと組んだ国々に攻め込まれればジフライルは終わりだ」

サルマン王もそこまで馬鹿ではないよ、とアルバートは笑う。そういうことならばもう本当に後ろから追手がかかることもないだろうと、ダリオも少しだけ肩の力を抜いた。

「ですが、コドラはなぜ貴方に従ったんです？」

同じ家で寝起きをしているのだから、コドラもアルバートに懐きつつあったのは事実だ。触れても唸らなくなったものの、アルバートの肩に乗るほどは懐いていなかった。名前を呼ばれてもそっぽを向いていたくらいだったのに。

アルバートは笑みを浮かべたまま、「緊急事態だったからな」と言う。

「王子と共に君の姿が消えたとわかったとき、真っ先にコドラに声をかけたんだ。『ダリオがさらわれた。助けに行く』ってね。大人しく留守番しているように言い置いていくつもりだったのに、すぐさま俺の肩に飛び乗ってきた。こちらの言葉がわかったみたいに」

ダリオの腕の中ですでに寝息を立てているコドラを見て、「ドラゴンは賢いな」とアルバートが目を細める。

ダリオもコドラを見下ろし、そっとその背に指を滑らせた。コドラがいてくれなければ、さすがのアルバートも無事ではいられなかっただろう。

とはいえアルバートも、まだ実戦経験のないコドラがどれほど戦力になるかわかっていなかったはずだ。そんな状況にもかかわらず、たったひとりで助けに来てくれたのか。

「……どうしてそこまで」

呟いたところで、急にアルバートが「おーい！」と大きな声を上げた。見れば前方から馬に乗った兵士たちが駆けてくる。手に手に火を持った兵士たちは、どうやら第六部隊の隊員たちらしい。

「隊長！　よかった、無事でしたか！」

「ダリオさぁん！　よかったぁ！」

泣きながら手を振っているのはクリスだ。彼らもダリオを追いかけてきてくれたらしい。

隊員たちに囲まれ、あっという間に周囲が騒がしくなる。一度口にしかけた言葉は中途半端に途切れたままで、再び口にする機会もなくダリオは馬を走らせ続けた。

幸いにも、町で上がった火の手は第六部隊の働きにより早々に消し止められたらしい。延焼は最小限にとどめられ、死傷者もなし。町で暴れ回っていた賊たちも全員捕縛されたそうだ。

賊をけしかけた主犯はジーノだったとダリオが告げると皆一様に驚いた顔をしたが、すでにファルクが捕らえてしまったので追いかけるのは不可能と判断された。裏でファルクが糸を引いていたことについては、この場では口をつぐむようアルバートに囁かれた。

火事の片づけは翌日に回すことになり、いったん第六部隊の面々も解散することとなった。ダリオとアルバートも家に戻る。

アンテベルトに戻ってからも、コドラはぐっすり眠ったままだ。アルバートが言った通り炎を吐き続けて疲れたのかもしれない。暖炉の前のバスケットにコドラを寝かせ、一撫でしてから寝室に向かおうとしたらアルバートに呼び止められた。アルバートはテーブルの上に手燭を置き、椅子に腰かけダリオを手招きする。

「……眠らないのですか？」

うん、と頷いて、アルバートは口元に笑みを浮かべる。

「君が何か言いたそうな顔をしているから」

ダリオはひとつ瞬きをして、指先で自分の頬に触れてみた。表情が乏しい、何を考えているかわからない、果ては鉄仮面とまで周囲から呼ばれているのに、どうしてアルバートだけはこんなに正しく自分の表情を見抜いてしまうのか、甚だ不思議だ。

ダリオはアルバートの向かいに腰かけると、まずは深々と頭を下げた。

「今回は自分の不手際で王子に拉致され、大変申し訳ありませんでした。助けに来てくださり、ありがとうございます」

「そんなの当然のことじゃないか。君は俺の伴侶だ」

ダリオはテーブルの木目と顔をつき合わせたまま、なぜ、と呟いた。

「なぜそこまでしてくださるのですか。いくら貴方が強いとはいえ、たったひとりで俺を追いかけてくるなんて無茶が過ぎます。俺は、貴方にそこまでしていただくほどの人間ではないのに、どうしてです」

顔を上げ、ダリオは長く胸につかえていた疑問を吐き出した。

「なぜ俺を伴侶に選んだのですか」

アルバートが本気で自分を伴侶にしようとしていることはもう疑っていない。目的がドラゴンでないことも理解した。愛されていると思う。自惚れではなく。

けれどどうしてアルバートほどの男が自分を選んだのかがわからない。自分がアルバートを盲目的に慕っていたからだろうか。しかしダリオの他にも、崇拝に似た目でアルバートを見詰めていた者など掃いて捨てるほどいる。

なぜ、と力なく繰り返せば、アルバートが軽く眉を上げた。物わかりの悪い子供を前にしたときのような表情で、テーブルの上でゆったりと指を組む。

「前にも言ったじゃないか。城で毒見をしている姿を見て惹かれたんだよ」

「率先して料理を口に運んだから、ですか？　ですがそれは、騎士として見初めてくださっただけでは……？」

アルバートの顔から笑みが引いた。言葉を探すように口を閉ざし、真剣な顔でテーブルの上の手燭を見詰める。まるで火の中に当時の光景が見えてでもいるように、一心に炎を見詰めてアルバートは口を開いた。

「あのときの君の振る舞いを見て、俺は頬を張られた気分になった。衝撃だったよ。自分より小さな子供が、それよりさらに小さな子供の命を守ろうと体を張ったんだ。誰に命令されたわけでもないのに」

「それがそんなに印象に残ったのですか……？」

その程度のことで、と続けようとしたら、アルバートが伏せていた目を上げた。青い瞳がろうそくの光を受けて鋭く瞬き、とっさに声を呑んでしまった。アルバートにとっては決して『その程度のこと』ではないのだと、言葉にされずとも突きつけられる。

アルバートはひたりとダリオを見据えたまま、静かな声で言った。

「あのとき俺は、君を見ていた」

一言一言はっきりと区切るように言って、アルバートは目を眇める。

「わかるか。ただ黙って見ていたんだ。本来なら毒見係がしなければいけない仕事を引き受けた子供たちを。毒で死ぬかもしれないのに、止めもせず成り行きを見ていた」

その瞬間、青い目の奥に走ったのははっきりとした羞恥だ。それを隠すように目を閉じて、アルバートは片手で顔を覆ってしまう。

「俺も君と同じ、孤児だった。物心ついた頃から傭兵として剣を振るい、なんとか食いつなぐ毎日だった。子供が大人の一撃を受ければ確実に死ぬ。だから避けるのが上手くなったんだ。君は俺を強いと言うが、あんなのは必要に駆られて身につけた小手先の技だ」

ダリオは息を詰めてアルバートの言葉に耳を傾ける。アルバートが騎士団に入る前の話を聞くのはこれが初めてだ。孤児だということも知らなかった。

「必死で戦地を駆け抜けて騎士団に引き抜かれたはいいものの、配属された第六部隊では酷い扱いを受けた。君も知ってるだろう。前線では肉の盾になり、第一部隊や第二部隊でのさばる貴族たちを逃がすためにしんがりを務めるんだ」

上位部隊の人間から見れば、最下層にいる第六部隊の隊員など血肉の通った盾でしかない。敵を足止めしろと命令したら悠々戦地を去っていく。割り切れない思いがないわけではなかったが、それが務めなのだと歯を食いしばっていたのはダリオも一緒だ。

「今でこそ第六部隊のメンバーも変わって、随分隊内の雰囲気もよくなった。仲間のためにと思えば耐えられることも増えたが、俺が入隊したばかりの頃は酷いものだった。ほとんど捨て駒だな。人が足りなくなれば町でくすぶっている者や食いっぱぐれた子供を連れてくる。剣の持ち方も教えず戦地に押し出したんだ。本当に、ただの肉の盾だった」

そういう状況下で、アルバートは黙々と敵を斬って生き延びた。戦の大義名分はおろか、戦況すら知らされず向かってくる敵を薙ぎ倒す。己が死なないために敵を殺す日々に神経は摩耗して、自分が騎士であるという誇りも自覚も持てるはずがなかった。

入団式で、自分は何に忠誠を誓ったのだろう。

王と民の守護に努めよ。そう命じられたはずなのに、実際は自分の命を守ることで精一杯だ。誰かを守ろうなどという発想自体、心に余裕のある者だけが持ちうる特権的な感情だと思った。

現にアルバートは、毒見に呼ばれた子供たちを見ても何ひとつ心動かされなかった。本来あれは毒見役の仕事なのに。それで毒見役の男が対価を得ていたことも知っていたのに。毒を食らえば小さな子供は死ぬかもしれないのに。

それでも何もしなかった。城の台所を通り抜け、裏口から外に出て兵舎に向かう途中、横目に眺めて終わるはずだった。

ダリオが子供たちを押しのけ、自ら毒見役を買って出なければ。

最初はダリオが料理を独占するつもりなのだと思った。力のある者が取り分を得る、それは正しい行いだ。俺だってそうする。そう思って見ていた。

けれどダリオは料理を一口しか食べなかった。毒がないとわかると後ろに控えていた子供たちに場所を譲り、その後は公平に他の子供と奪い合って料理を食べていた。奪い合うと言いながら、体の大きなダリオが小さな子供相手に手心を加えているのが見てとれて、アルバートは急に自分が恥ずかしくなった。

「直前まで、俺も君と同じことをすると思っていた。でも違った。俺は君のように振る舞えない。騎士のくせに子供を守ろうとすら思わなかった。きっとあの場に自分がいたら、毒のないことを確かめるのも忘れ、周りの子供を押しのけて料理を独占したはずだ。そういう自分の浅ましい姿が見えてしまって、目を覆いたくなった」

苦々し気に眉を寄せ、アルバートは片手で口元を覆った。

「あのとき痛感した。本来ならば君のような人間こそ騎士になるべきなんだ。俺はまったく、騎士にふさわしくない」

「まさか！」

さすがに黙っていられずダリオは身を乗り出した。

「貴方ほど騎士にふさわしい方を俺は見たことがありません！　いつだって仲間を見捨て

ようとしない貴方を、隊員たちがどれほど慕っているか自覚していないのですか！」

アルバートは一瞬だけダリオの顔を見たものの、すぐに視線を逸らしてしまう。

「俺が騎士らしく見えるとしたら、君にそう見られたかったからだ。それだけだ。俺の部隊に入隊した後も、君はどこまでも騎士らしかったから」

「俺はそんな、未熟なばかりで……」

「敵地に残されたクリスを助けに行っただろう。自分の危険も顧みず」

言葉を遮られ、ダリオは口を閉ざして頷く。アルバートの命令に従わず単身敵地に突っ込んだのだ。あれこそ未熟さの証明だと思ったが、アルバートは緩やかに目を細めた。

「相変わらずだと思ったよ。自分より他人の命を優先しようとする。俺が切り捨てようとした部下を迷いもせずに助けに行くあの後ろ姿に見惚れた。だからこそ、俺もすぐに君を追いかけたんだ。俺はずっと、君の高潔さに憧れていたから」

思いがけない言葉に驚いて、ダリオは困惑しきった顔で首を横に振った。

「俺だって、貴方がクリスを置いていくことに欠片も迷いを見せなければ助けには行きませんでした。クリスを置いていくと皆に告げたとき、自分がどんな顔をしていたかわかっていないのですか」

冷徹な無表情の下に悔恨が透けて見えた。無感動に切り捨てようとしているわけではなく、本心からクリスを惜しんでいるのだとわかったからこそ体が動いた。

「しんがりを務める第六部隊が隊列を崩せば他の部隊にも累が及ぶ、だから断腸の思いでクリスを置いていこうとしたのでしょう？　多くの兵士を従える貴方が心のままに動けないなら、部下である自分が貴方の手足となって動くのは当然です。それなのにそんな、俺を高潔だなんて、買いかぶりもいいところです」

うろたえて口数が増えるダリオを見詰め、アルバートがテーブルの上に手を伸ばす。

ダリオの手にアルバートの手が重なって、会話が途切れた。

アルバートはしっかりとダリオの手を摑み、囁くような声で言う。

「第五部隊の連中に濡れ衣を着せられたとき、一切申し開きをしなかったのはなぜだ？」

唐突に話題が飛んで目を瞬かせる。揺さぶりをかけられているような気分になって目が泳いだ。それは、と答えた声が掠れてしまい、唾を飲んでから改めて口を開く。

「理由はどうあれ、上位部隊の隊長に剣を向けたのは事実です。見苦しい言い訳を重ね、隊長である貴方の名に傷をつけるわけには……」

「違うな」

本人の剣捌きさながら、鋭い一言でダリオの言葉は切り捨てられる。口を閉ざしたダリオから目を逸らさず、違うんだろう、とアルバートは繰り返した。

「第五部隊の連中に脅されたな？　余計なことを言えば今度こそ俺を査問にかけると。俺を悪魔にしたくなければ黙っていろとでも言われたんだろう」

アルバートの声には確信がこもっている。ダリオは何も言わずに目を伏せたが、それが答えのようなものだった。

最初は確かに、査問など酒の席の馬鹿げた戯れでしかなかった。アルバートの類まれな戦闘センスをやっかんで、第五部隊の隊員たちが「人間とは思えない」「悪魔の申し子だ」などと言い出したのが発端だ。単なる言いがかりであるのはわかっていたが、根拠のない難癖で本当に裁判所まで引っ立てられていった者もいる。貴族が裁判官に金を握らせ、無実の者が有罪になるのはさほど珍しいことでもない。

そうでなくともアルバートは貴族や大臣たちから危険視されている。毒見役の不正を暴いて城から追い出したことからもわかる通り、周囲の貴族なら「よくあること」と放置してしまう不正もアルバートは見逃さない。

その矛先が、いずれ自分たちに向くことを貴族たちは恐れた。

王に対しては有効な賄賂もアルバートには一切効かない。色仕掛けも通用せず、暗殺などしようものなら返り討ちにされるのは目に見えている。

前王のもと、ぬくぬくと不正の温床を作り続けていた貴族たちがアルバートの足をすくう機会を狙っていたのは周知の事実だ。

悪魔などという馬鹿げた理由で本物の査問にかけられるわけはないと頭では理解していたが、それでも万が一のことがあってはならないと思った。だからダリオは甘んじて濡れ衣をかぶることにしたのだ。そしてそのことをアルバートに告げることなく王都を離れた。恩着せがましくなってしまうのはダリオの望むところではない。

「君が王都を離れた後、第五部隊の連中がお喋りしているのをたまたま耳にした」

あんな嘘を信じて都落ちするなんてあいつも頭が悪い、と第五部隊の隊員たちは笑っていたそうだ。アルバートは端からダリオの無実を疑っていなかったが、そこでようやくダリオが何も言わずに王都を去った理由を知って愕然とした。

「本当は、騎士団も王都も捨てて、すぐにでも君を追いかけたかった。でも君は騎士だ。第五部隊の連中なんて足元にも及ばない、本物の騎士なんだ。君の汚名を雪ぐまでは王都を離れるわけにはいかなかった」

「……そんな大それたものではありません」

「自己評価が低いな。俺はそんな君に二度も助けられているのに」

「二度？」

アルバートを守るため、濡れ衣をかぶって王都を去ったこと以外に何かしただろうか。身に覚えがなく目を丸くすれば、アルバートに苦笑を向けられた。

「一度目のことはもう覚えていないんだろう。君は酷く酔っていたから」

その言葉で思い出したのは、アルバートが第五部隊の連中から査問にかけられた場面だ。酒場で悪酔いした第五部隊の隊員たちはアルバートを悪魔と罵った後、コップに入ったワインをアルバートにぶちまけた。

「先の戦場では何人殺したんだ、アルバート隊長」「戦場での振る舞いは人のものとは思えん。この悪魔め！」などと野次が飛んだが、アルバートは何も言わずに目を伏せただけだった。むしろ後ろに控えていた第六部隊の隊員たちの方が怒りに任せて飛びかかりそうだったが、アルバートに目顔で止められ歯を食いしばったものだ。

酔いも手伝い、第五部隊の隊員たちはダリオたちにも酒の入ったコップを手渡し「お前たちもかけろ」「悪魔と呼びながらだぞ」と強要してきた。拒否したかったが、アルバートが「従え」と言ったので従わざるを得なかった。確かあの場にはクリスもいて、涙目になりながらアルバートにワインをかけていたはずだ。

「でも、君だけは従わなかったな」

テーブルに肘をつき、アルバートは懐かしそうに目を細める。片手をしっかりアルバートに摑まれたまま、ダリオは居心地悪く指先を動かした。

「ご命令に背き、申し訳ありませんでした。後で他のメンバーにも叱られました。第五部隊の不興を買って、隊長に罰則が下ったらどうする気だったんだ、と……」

「謝る必要はない。あの後大変な目に遭ったのは君の方だ」

アルバートに酒をかけることを拒んだダリオは、「生意気だ」と激昂（げっこう）した第五部隊の者に酒をかけられ、まともにそれを顔面からかぶった。ダリオは滅法酒に弱い。匂いを嗅いだだけでも足元がふらつくのに、頭から次々と酒をぶちまけられてあっという間にその場に膝をついた。鼻や口にワインが入って酩酊し、後のことはまるで覚えていない。

「……あのとき、俺は何かしましたか？」

「したね。したというか、言った。第五部隊の連中に向かって啖呵を切ったんだ。酔って目元を赤くして、呂律もまともに回っていないのに。あれは凛々しかったな」

「啖呵……」と青ざめるダリオを見て、「もう時効だ」とアルバートは笑う。

酔い潰れたダリオに第五部隊の者たちは再びコップを突きつけ、中身をアルバートにかけろと命じた。ダリオは胡乱な表情で顔を上げると、突き出されたコップを横ざまに薙ぎ払ったらしい。さすがに驚いた顔をする第五部隊の面々に向かって、ダリオは酔っ払い特有の大きな声でこう言い放ったそうだ。

「アルバート隊長の指揮下で戦う我々は、隊長の強さに助けられて今日まで生き永らえました。隊長が悪魔だというのなら、我々は悪魔の羽の下に庇われて生きていることになる。悪魔に庇われた者を、果たして人間と呼べるでしょうか」

半分は、第六部隊に庇われて戦地を逃げ延びている上位部隊に対する当てつけだ。第五部隊のメンバーたちは激怒して、「口答えする気か！」と今度はダリオに無理やり酒を飲ませ始めた。

「君は吐くまで飲まされてたな。止められないのが歯痒かった」

アルバートは溜息交じりに呟いてダリオの手を握りしめる。上位部隊にたてついたのだから自業自得でしかないのに、本気で当時を悔やむような顔だ。

ダリオが酔って意識を失うと、ようやく気が済んだのか第五部隊の面々は酒場を出ていった。前後不覚になったダリオを背負って兵舎まで送り届けたのはアルバートだ。

「そのとき、俺の背中で君が言ったんだ」

「……まだ何か言ったんですか」

そろそろ聞いているのが怖くなってきた。顔を強張らせるダリオを見て、アルバートはなぜか蕩けるような顔で笑う。

「目を覚ました君は俺の首にしがみついて、こう言ったんだよ。『俺は、貴方の羽の下に庇われるのではなく、できれば貴方の片翼になりたい』」

かつて自分が口にした言葉をアルバートの声でなぞり返され、ダリオはカッと頬を赤くした。また随分と思い切ったことを言ったものだ。おこがましいと言ってもいい。身の程知らずな発言に俯きそうになったところで、アルバートに強く手を握りしめられた。

「あのとき俺は、何があっても君と生きていくと決めたんだ。君となら比翼の鳥のように生きていけるんじゃないかと思った」

ダリオの手を持ち上げ、アルバートはその指先にキスをする。

「コドラに向かって、俺をつがいだと言ってくれたときは嬉しかった。ドラゴンの背に二枚の翼があるように、俺と君も二人でひとつの対だと言ってくれた。てっきりあのときのことを覚えているのかと思ったが、違うのか？」

「ち、違います。そういうつもりでは……」

「だったら改めてそう思ってくれたのか。俺の片翼でいたいというのは本心だな？」

アルバートに口づけられた指先が熱い。動けずにいると、指先に唇を押し当てたままアルバートが目を上げた。

「あの馬鹿げた査問のすぐ後に他国から攻め込まれて、君とはゆっくり話をする暇もなかった。落ち着いたらプロポーズをするつもりが今度は君が都を追われることになって、すぐ行動しなかったことをどれほど悔やんだか知れない。だからもう二度と同じ過ちは繰り返さないつもりだ。君のことは手放さない。敵国だろうが煉獄だろうが、どこまでも追いかけていくとも」

雨上がりの空のような、美しい青い瞳が細められる。嘘のない目だと思ったら、途端に心臓が胸の内側を乱暴に叩き始めた。

ずっとアルバートが自分を選んだ理由がわからなかった。命を懸けてまで追いかけてくる理由も。不思議に思う気持ちに突き動かされてその理由を尋ねたら、思いがけない熱量で答えが返ってきて顔を上げられなくなってしまう。

「理解してもらえたか？　足りなければいくらでも続けるが」

「い、いえ、もう……十分です」

俯いて呟けば、指先に軽く歯を立てられた。

「そうか。でも、俺は足りない」

噛みつかれたはずなのに、指先に走ったのは痛みではなく甘い痺れだ。肩を震わせたダリオを見て、アルバートは甘い声で囁く。

「ベッドに行こう。言葉以外でも伝えたい」


手燭を持ったアルバートに手を引かれて二階へ上がる。

初めてこの家の寝室に足を踏み入れたときも、こうしてアルバートと手をつないで階段を上った。あれ以来もう何度となく体を重ねているはずなのに、あの日と同じ強さで心臓が早鐘を打って息が止まりそうだ。

寝室に入ると、アルバートは当たり前のような自然さで服を脱ぐ。ダリオもそれに倣ってすべての服を脱ぎ去り、ぎこちない動作でベッドに上がった。

「なんだか初めての晩より緊張してるみたいだな？」

からかうような口調で言ってアルバートもベッドに上がってくる。シーツの上に押し倒されても心臓はうるさいままで、自分でも緊張していると自覚せざるを得なかった。思った以上にアルバートに想いを寄せられていたことを知ってしまったせいかもしれない。

　仰向けになるとすぐにアルバートの顔が近づいてきて、青い瞳を間近で見てしまったらもう目を開けていられなくなった。子供のようにぎゅっと目をつぶったダリオを見て、どうしたんだ、とアルバートが笑う。

「痛いことをされる前の子供みたいだ」

　閉じた瞼に口づけられて、恐る恐る目を開けた。アルバートはじゃれるように互いの鼻先をすり寄せ、ダリオの頬に唇を寄せる。柔らかな感触に酔っていると、前触れもなく視線が絡んで息が止まった。唇に吐息がかかっただけで全身に震えが走る。

「……本当にどうした？　何かあったのか？」

　ダリオの反応がいつもと違うことに気づいたのか、アルバートが心配げな声を出す。唇の端にキスをされ、いえ、とダリオは掠れた声で応じた。

「王子に同じことをされたときとは、まるで違うと……」

　アルバートの肩先がぴくりと反応する。青い瞳がこちらを見て、その中心にある瞳孔がわずかに広がった。臨戦態勢に入ったときの顔だ。

「王子にもこんなことをされたのか？」

「い……え、キスを、されそうになっただけですが……」

「こんな状況で他の男の話を持ち出すとは、なかなかいい度胸だ。今夜は酷くされたい気分かな？」

アルバートは笑っているが、目が動いていない。しまった、と思ったが一度口にした言葉は取り戻せず、違うんです、ととっさにアルバートの肩に手を添えた。

「王子に同じことをされても何も思うところがなく……、それどころか貴方のことばかり考えてしまうのが不思議で……今も、い、息が、苦しくて……」

息を乱しながら喋っていると、胸にアルバートの手が置かれた。

「本当だ。凄い勢いで心臓が鳴ってる」

掌から伝わる鼓動を隠せない。わずかに首を動かして頷けば、唇に柔らかなキスをされた。舌先で唇を舐められ、薄く開くと肉厚な舌が滑り込んでくる。

口の中にも性感帯があると教えてくれたのはアルバートだ。柔らかな粘膜の中に埋もれたそれをひとつひとつ舌先で暴き、ダリオの舌を吸い上げる。

「ん……っ、ぅ」

小さく声を漏らしたダリオを見て、アルバートが嬉し気に目を細めた。胸の上にはまだアルバートの掌が置かれていて、際限なく鼓動が高まっていくのがばれてしまう。

「緊張してる?」

ちゅ、と音を立ててキスをされ、ダリオは胸の内を探るように黙り込んでから首を横に振った。緊張がないわけではないが、それだけでこんなに心臓は高鳴らない。

「じゃあ、期待してるのかな」

唇を軽く嚙まれ、胸を撫で下ろされて震えた溜息が漏れた。

期待はしている。アルバートと体を重ねると信じられないくらいの多幸感に包まれる。

でもそれだけではない。繰り返し唇にキスをされ、目の端にじわりと涙が浮かんだ。

唇にキスを繰り返していたアルバートが、ようやくダリオの目元に浮かぶ涙に気づいた。

「泣いてるのか?」

アルバートが体を離してしまいそうになって、ダリオはとっさに胸の上に置かれた手を取った。掌の下では相変わらず心臓が激しく脈打っている。上手く言葉が出てこなくて唇を震わせながら、ダリオはもう一方の手で顔を覆った。

「お……俺は、多分……う、嬉しくて……」

声が震えて、またじわじわと目の端に涙が滲む。

アルバートの手をしっかりと握りしめ、ダリオは必死で言葉を探した。自分でもどうして涙が出てくるのかわからない。けれど大きな掌から緩やかに体温が伝わってくると、心臓を中心にして胸の辺りから何かがせり上がってくる。

「貴方に触れられるのはいつも、嬉しくて……でも今日は、特に……。理由は、わかりません。でも、王子に触られても、こんなふうにはならなかったのに」

たどたどしく言葉をつないでいると、顔を覆う手の上にキスをされた。手の甲から指先に繰り返しキスをされ、指の隙間から目を出したところでそっと手を取られる。掌を合わせ、指先を絡ませるようにしてつないだ手をシーツの上に縫い留められた。

無防備に晒されたダリオの目元にもキスをして、アルバートは目を細める。

「きっと君は、自分で思っている以上に王子に触られて嫌な気分になったんだな」

湿った目元にもう一度キスをされ、ダリオは目を瞬かせた。アルバートの唇は目元から頬に移動して、そっと唇に押し当てられる。

「俺にこうされるのは嫌じゃない？」

はい、と返事をしたつもりが、熱っぽい溜息にしかならなかった。ねだるように顎を反らせば、もう一度唇にキスをされる。

「王子としたときは？」

「されそうになっただけで、していませんが……特に何も思いませんでした」

実際キスをされていたとしても痛くも痒くもなかっただろう。そう続けようとしたら、柔らかなキスで言葉を奪われた。

「直接肌に触れられるのは、君が思う以上に特別なことだ。君は戦場で浴びるほど傷を作ってきたから、痛みの度合いでしか重要度を測れないんだろう。耐えられる程度の痛みなら何をされても大丈夫だとでも思ったか？」

「……違うんですか」

違うだろう、とアルバートは笑う。

「痛みを伴わなくても乱暴に扱われれば悲しくなるし、逆に大事にしてもらえれば嬉しくなる」

つないだ手をぎゅっと握りしめられて息が震えた。こちらを見詰めるアルバートは底なしに優しい顔をしていて、視界がみるみる不明瞭になった。

「俺がどんなに君を大事にしているか、ようやくわかってくれたんだな？　だから涙が出るんだろう」

目尻からこぼれ落ちた涙を唇で受け止められて、ダリオは顔を歪める。

そうなのだろうか。そうかもしれない。もうずっと、アルバートがどうして自分を選んでくれたのか疑問だった。ドラゴンが目当てではないと納得した後も、なぜこれほどの人が、という不安は常に胸につきまとった。

理由を教えられた今も、やはり過去の自分がしたことなどアルバートの心を捉えるほど大層なものではなかったように思える。けれど、そんな些細なことをアルバートが覚えていてくれたことが嬉しかった。

大切な思い出を差し出すようにゆっくりと言葉を紡ぐアルバートを見てようやく、本当にようやく腑に落ちたのだ。この人は、自分を好いてくれているのだと。

「君が粗末に扱われることに対して鈍感なのは、他人から大切にされ慣れていないからだ」

ぼんやりと潤んだ目を向ければ、鼻先に軽くキスをされた。

「わかるよ。俺もそうだった。動けなくなるほどの痛みさえ与えられなければどう扱われても構わなかった。俺だって君と似たような境遇だ」

肩を竦め、アルバートは穏やかな声で続ける。

「でも君が、とんでもなく素晴らしいものを見るような目で俺を見詰め続けてくれたから、初めて自分にも何か価値があるんじゃないかと思えるようになったんだ」

ダリオの鼻梁(びりょう)を唇で辿り、頬や瞼や顔中にキスを降らせてアルバートは微笑んだ。

「さあ、今度は俺の番だ。これからも世界で一番大切なものを見る目で君を見詰め続けるから、覚悟してくれ」

言葉通り愛しさを隠しもせずに見詰められて息が詰まった。心臓が持たず顔を背けようとすれば、見越したように深いキスで引き留められる。

「んん……っ」

唇の隙間に舌が押し込まれ、音を立てるほど激しく唇を貪られる。大分キスには慣れたつもりでいたのに呼吸がままならない。ダリオも必死で舌を動かせば褒めるように強く手を握られ、それだけで体の芯に痺れが走った。

「は……っ、ぁ」

キスがほどける頃にはすっかり息が上がって、体の強張りも緩んでいた。胸に置かれていた掌が肌の上を滑り、どこに触れられても小さな声が上がってしまう。

みぞおちから臍、足のつけ根、内腿。するすると指先を動かされるだけで息が乱れ、瀬に打ち上げられた魚のように膝や腰が跳ねる。

「あ……、あっ……ぁ」

「気持ちがいいか？」

アルバートの首に腕を回して必死で頷く。すぐにまたキスが降ってきて夢中で受け止めた。乱れる恥ずかしさより触れられる嬉しさが勝り、温かな唇と指先を素直に受け止めてしまえば、体は驚くほど柔らかくなってどこもかしこも性感帯になってしまう。

アルバートが枕元から香油を取り出すと、その匂いを嗅いだだけで背筋に震えが走った。ほとんど条件反射だ。香油で濡れた指先で内股を撫でられ、自ら膝を開いてしまう。

「今日は随分積極的なんだな？」

からかう口調でそんなことを言われたが、ダリオの羞恥をすっかり溶かしてしまったのは当のアルバートだ。のしかかってくる体を抱き寄せ、言葉もなく首に顔をすり寄せる。

「素直な君は恐ろしく可愛いな」

アルバートが喉の奥で笑い、頭をもたげ始めていたダリオの屹立に指を伸ばす。

「あ……っ」

オイルでぬめる指で屹立を扱かれるのは腰が溶けるほど気持ちがいい。声を殺そうとするが、アルバートがついばむようなキスを繰り返してくるので唇を噛むことすらできない。合わせた唇の隙間からみだりがましい声が漏れてしまう。

「ん……っ、ん、あっ」

敏感なくびれに指を這わされ爪先が丸まった。アルバートの唇が移動して、喉元から鎖骨、胸へと下りて胸の尖りに触れる。ふっと息をかけられただけで肌が緊張するのに、痛いくらい過敏になった先端を口に含まれて背筋が山なりになった。

「あ、あぁ……っ」

舌先でとろとろと舐め回されると、体を支える太い骨が溶けていくような気分になる。アルバートの手の中で屹立が脈打って、こちらまで溶けだしたように先走りをこぼし始めた。香油と体液が交じり合い、アルバートの手の動きが滑らかになった。大きく上下に動かされるともう声を抑えられない。

「あ、あっ、あぁ……っ」

内腿に震えが走る。あっという間に登り詰めてしまいそうになったが、ぎりぎりのところで堪えてアルバートの背に爪を立てた。

「い……嫌、です……」

ダリオの屹立を扱く手が止まる。行為の最中、ダリオが明確に拒絶の言葉を口にすることは珍しい。夢中になってうわごとのように口走る「嫌」とは明らかに声音が違った。

「気が乗らないか？」

労わるような声で問いかけられ、ダリオは首を横に振った。息を乱し、目元まで赤く染めながらも自ら大きく足を開く。

性器を刺激される快感は何ものにも比べがたい。けれど今は別の刺激が欲しかった。もっと重たくて、体の奥に震えが走るような。

羞恥に耐えて脚を開ききると、屹立に絡んでいたアルバートの指が移動して窄まりに触れた。言葉にせずともダリオの要求は正確に汲み取られ、耳元に唇を寄せられる。

「……こちらならいいのかな？」

香油と先走りで濡れた指先が狭い場所を掻き分けて、背筋がぐぅっと反り返った。

「あ……、あっ、あ……っ」

節の高い指がずるずると奥まで入ってきて切れ切れに声が上がる。性器に触れられる直截的な刺激とは違う、体の奥からひたひたと押し寄せてくるような、あるいは肌の下から染み出してくるような快感に恍惚となった。指のつけ根まで呑み込まされると、内壁が待ち構えていたようにアルバートの指に絡みつく。

大きく胸を上下させて息を整えていると、呼吸の邪魔をしないように唇の端に口づけられた。

「こんなふうに健気に体を開かれるとたまらない気分になるな」

少し乱れた息に乗せて囁かれ、首筋の産毛が逆立った。ゆっくりと指を抜き差しされて、前より強くアルバートの背中を抱き寄せる。

「あ、ん……、ん……っ」

浅いところを指の腹でこすられると腰から下が溶けてしまいそうだ。体の奥にも明確に気持ちのいい場所があるなんて知らなかった。何度も体を重ねたアルバートはそれを熟知していて、容易くダリオを翻弄する。

「君が好きなのは、ここだろう」

潤んで震える内側を指の腹で押し上げられて爪先が跳ねた。

「あっ、あぁっ、あ……っ！」

鋭い快楽が体を貫いて爪先が暴れる。こうなるともう自分の体を制御しきれない。不随意に跳ねる体を、アルバートが上から体重をかけて押さえつける。

重たい体に押し潰されて、体の奥から甘い歓喜が滲み出す。汗ばんだ肌の感触と、上から降ってくる乱れた息遣いに体が熱くなった。自分がアルバートに夢中になっているように、アルバートも自分に夢中になってくれればいいと心底思う。

内側を探る指が増えた。ごつごつとした指の感触がたまらなくいい。もっと奥を突いてほしくて、ねだるようにアルバートの指を締めつけた。

より深い刺激を貪婪に欲しがる自分を浅ましいと思ったが、こんな姿さえアルバートは愛し気に見詰めてくれる。震える手で顔を隠そうとしたがキスで阻まれ、額に汗を浮かべたアルバートに「もっと見たい」と囁かれた。甘やかされて、歯止めが利かなくなりそうだ。汗で滑るアルバートの背中を抱き寄せ、際限もなく欲しがってしまう。早く、と目顔で訴えれば、噛みつくようなキスをされた。

数多くの傷痕が残る脚を愛しげに撫でられ、膝の裏に腕を通された。爪先が宙に浮く。隘路に切っ先を押しつけられ、どっと心臓が脈打った。香油とも先走りともつかないものでぬめった先端が焦らすように窄まりを行き来して、待ちきれず爪先が宙を搔く。先端がまどろっこしいくらいゆっくりと沈み込んできて、ダリオは空気の塊を吐き出すように叫んだ。

「……っ、早く……！」

口にした瞬間、息の乱れも整わぬまま一気に奥まで突き入れられた。

喉が閉まって声も出ず、代わりにアルバートの背中に深く爪を立てた。

脳天を突き抜けるような快感が走る。待ちわびて震える媚肉を手加減なく突き上げられてあられもない声が漏れた。全身を貫く蜜のような快楽に溺れそうだ。いつもは遠慮がちにアルバートの背中に腕を回すのが精一杯なのに、箍が外れたように腕も脚もアルバートの体に巻きつけた。項から立ち昇る汗の匂いと、熱い肌の感触に眩暈がする。

さすがにこれは動きにくいのではと思ったが離せない。快楽に目を潤ませながらもアルバートの様子を窺い見ると、ぎらつく瞳がこちらを凝視していた。アルバートはむしろ遠慮を捨てたダリオの仕草に興奮しきった様子で、体ごと激しく突き上げてくる。

「ひっ、あっ、あぁ……っ」

「……っ、酒が、抜けきってないのか？　今日は随分、可愛いわがままを言ってくれる」

弾んだ息の下から囁かれ、揺さぶられながら耳に歯を立てられた。

快感に体を震わせながら、そうなのだろうか、とダリオは思う。

自分はまだ酔っているのか。だったら少しくらい、口を滑らせてもいいだろうか。

両腕で力の限りアルバートを抱きしめ、ごく小さな声で囁く。

「だって貴方は……っ、俺のもの、です……」

口にしてみたら、言葉は驚くほどしっくりと胸に馴染んだ。これまでアルバートを自分だけのものにしたいなどと大それたことを考えたことなどなかったはずなのに。

本当はずっとアルバートを独占したかったのだと事ここに至って自覚した。正式に結婚したらアルバートは伴侶になって、名実ともに自分のものになるのだと思ったら全身の血がふつふつと煮立ったように熱くなる。アルバートを受け入れた部分が淫らにうねりを上げて、喉の奥から抑えきれない声が漏れた。

言い知れぬ幸福感に酩酊していたら、突き上げてくる動きがふいに止まった。アルバートが真顔でこちらを見下ろしてくる。

一拍遅れて身の程知らずなことを口にしてしまったかと後悔したが、次の瞬間アルバートの顔に浮かんだのは、見間違えようもない歓喜の表情だ。

「ようやく俺を欲しがってくれたな?」

呆れられるどころか喜ばれてしまい、ダリオは狼狽(ろうばい)して口を滑らせる。

「お、俺は、ずっと前から、そう思って……」

「本当か? 諾々(だくだく)と流されているのかと思った。君は自分を捧げるばかりだったから」

言い返すつもりで口を開いたが、出てきたのは甘ったるい嬌声(きょうせい)だけだった。アルバートが再び力強く突き上げてきたからだ。

狭い場所をこじ開けるように穿たれて目の前に火花が散る。最奥に先端を押しつけられ、こねるように揺すられて神経が焼ききれそうだ。強すぎる快感に呑まれて最早言葉を発することもできない。

「あっ、あぁ、あっ……!」

掻き抱かれてアルバートの硬い腕に閉じ込められる。熱い肌に押し潰されて、体の輪郭がどろどろと溶けてしまいそうだ。騎士として叩き込まれてきた己を律する心もあっけなく溶けて、ダリオはアルバートの腕の中で全身を震わせて吐精した。

「あ……、ぁ、あ……」

強すぎる快感にさらわれ放心するダリオを見下ろし、アルバートは額から滴る汗に片目を眇めながら言った。

「俺なら君のものだとも、骨も残さず食らってくれ」

薄い皮膚の下に流れる血を透かしたような、赤い唇が弧を描く。身構える前に再び突き上げられて、溺れる者のようにアルバートの背にしがみついた。

むしろ骨まで残さず貪り食われるのは自分の方ではないか。そんなことをうっすらと思いながら、間断なく襲いくる快楽の波にダリオは身を投じたのだった。

夜風に夏の気配が交じり始めた夏至の夜、教会前の大通りを賑やかな音楽と共に旅芸人の一団が通り抜ける。フルートやハープ、バグパイプを演奏しながら歩く一団の後ろには、馬にまたがる二人の騎士の姿があった。兜こそつけていないものの二人は揃って銀の鎧をまとい、道の両端に集まった見物人たちはその壮麗な佇まいに感嘆の息をついた。

教会で待ち構えていた司祭は「そのような格好で教会に来た者は貴方がたが初めてです」と多少呆れた顔で言ったものの、博愛の女神エバスティアの名のもとに二人の成婚を認めてくれた。二人というのはもちろん、アルバートとダリオのことだ。

アルバートはダリオの左手を取り、「女神の聖名によって」と言いながら親指から順に指輪を通し、最後に薬指に指輪を嵌めて高らかに宣言した。

「この指輪をもって、私は今、そなたを娶った」

最早伝統と言ってもいい、婚礼の際の持って回った言い回しだ。ダリオは「はい」と答えなければいけなかったのに、長く想いを寄せていたアルバートからそんな言葉をかけられたことが信じられず、返事をするまでに酷く間が開いてしまった。

教会での式を終えると、一同は場所を第六部隊の兵舎に移した。

普段は訓練場として使われる兵舎前の広場が披露宴会場だ。集まったのはほとんどが第六部隊のメンバーである。広場に並んだテーブルの上には所狭しと料理が並び、樽で用意されたワインがあちこちで飲み交わされた。最初こそ席も決まっていたが段々と流動的になり、宴もたけなわとなってきた頃、広場に大きな声が響き渡った。

「指輪交換のときにダリオが黙り込んじまうから、この期に及んで破談になるんじゃないかって俺ぁはらはらしたんだぞ！」

並んで座るダリオとアルバートの前で声を張り上げたのは、第三部隊の副隊長エリックだ。上位部隊からこの披露宴に参加してくれた唯一の人間だが、今日ばかりは無礼講だ。もともとエリックが上下関係に厳しい人間ではないので、周りにいた第六部隊のメンバーたちからも「そうだぞ！」「肝が冷えましたよ！」という声が飛ぶ。

鎧を脱いでシャツとズボンに着替えたダリオは、大分酒が回っているらしいエリックに深く頭を下げた。

「ご心配をおかけして申し訳ありませんでした」

「本当だよ、心配したぞ。まさか緊張したのか？　戦場であれだけ勇猛果敢に走り回ってるお前が？」

「緊張したというか、胸が一杯になってしまいまして……」

「お、なんだ？　随分可愛い理由だな？」

意外そうな顔をするエリックに、アルバートが冷え冷えとした視線を向ける。

「エリック、祝いの席で舌を抜かれたいのか。ダリオが可愛いのは事実だが、俺の前でそれを言うなんて命知らずもいいところだぞ」

「正式に結婚してもアルバートは相変わらずだな。ダリオ、お前本当に苦労するぞ」

「身に余る光栄です」

「こっちも相変わらずだよ。破れ鍋に綴じ蓋か」

エリックは呆れ顔を浮かべながらも、アルバートのコップにワインを注ぎ「まあ、おめでとさん」と祝いの言葉をかけてくれる。アルバートも表情を緩め、「ありがとう」と返してコップの中身を飲み干した。

「しかしアルバートがカリカリするのも無理ないか。なんたってダリオはジフライルの王子にまで粉かけられたんだろ？　気が気じゃないよなぁ？」

「そうだな。王子は国で謹慎中と聞いているが、あれもなかなか執念深そうな男だった。

懲りずにダリオを奪いにくるかもしれん」

　真面目な顔で言い返すアルバートに「あり得ません」と苦笑しつつ、ダリオは膝の上で丸くなるコドラに羊の肉を食べさせる。コドラは雛のように大きく口を開け、骨のついた肉をばりばりと豪快に咀嚼(そしゃく)した。

　ダリオがファルクに拉致されかけてからすでに三ヶ月。アンテベルトとジフライルは無事に貿易協定を結び、国内にはこれまで以上に安定的に食料や香辛料、本などが持ち込まれるようになった。

　アンテベルトで暴れ回った賊はジーノが先導したということで結論づけられ、ファルクが直接関わったことにはなっていない。国家間でどんな取引がなされたのかはダリオのような一兵卒の知るところではないが、ファルクは他国での不適切な行動を理由にしばらく謹慎することになったそうだ。

「しかしあの一件で、周辺国ではアルバートがドラゴンの飼い主ってことになったんだろう？　命がいくつあっても足りないな」

「そうだな、せいぜい気を引き締めよう。結婚早々ダリオを未亡人にはしたくない」

「僭越ながら、もしものときは俺がアルバート様をお守りする所存です」

　ダリオが会話に割って入ると、アルバートとエリックが同時にこちらを見た。

「コドラもいますし、俺自身戦えます。アルバート様には傷ひとつつけさせません」

決意を込めて言い放つと、エリックだけでなく周囲のメンバーからも歓声が上がった。

「いやあ、アルバートは随分と逞しい伴侶をもらったなぁ。最強のパートナーっていうより、最恐だ」

「そうだろう。俺の最愛の伴侶は美しく強いんだ。あまり見るな」

周囲の視線を遮るようにダリオの肩を抱き寄せ、アルバートは低く囁く。

「君も、申し出は大変に心強いが、俺の体より自分の体を大事にしてほしい。傷が増えるぞ」

「俺の体はすでに傷だらけですので」

「戦士の勲章を否定するつもりはないが、君の肌に痕をつけていいのはもう俺だけだ」

「ねぇお前ら本当にいい加減にして？」

アルバートは声を低めていたものの、すぐ側にいたエリックには睦言めいた言葉もすべて聞こえてしまったようで、ほとほとうんざりしたように会話を遮られてしまった。

「エリック副隊長、馬に蹴られますよ」「ていうかコドラに火を吐かれますよ」と周りの隊員たちに声をかけられ「違いない」とエリックは肩を竦めてその場から立ち去る。

エリックがいなくなると、今度はクリスとロレンスがやってきた。

「ダリオさん、ご結婚おめでとうございます、う、うぅ……」

涙もろいクリスは教会への道行きからすでに泣いていたが、未だに涙が止まらないらしい。ダリオの手を取り、またぽろぽろと新しい涙をこぼす。

「二年前、ダリオさんが王都からいなくなったときはどうなるかと思いました。でも、よかったですね、幸せになってくださいね」

「ああ、ありがとう」

ダリオはしっかりとクリスの手を握り返して微笑む。ロレンスも「夫婦喧嘩したらいつでも相談に乗るぞ」と声をかけてくれた。

「まあ、隊長とダリオさんだったら喧嘩もしなさそうですけど」

「愚痴ならいくらでも聞いてやるが、惚気はほどほどにしてくれよ」

和やかに声をかけて二人が去っていくと、今度はまた違う者がやってくる。

そんな調子で入れ替わり立ち替わりやって来る隊員たちと言葉を交わして一段落着くと、ダリオは椅子の背に深く凭れて周囲を見回した。

「さすがに少し疲れたか？」

アルバートに声をかけられ、いいえ、と小さな声で応じる。

兵舎に集まったのは見慣れた顔ぶれで、皆が笑顔を浮かべている。酒の匂いと料理の匂い、華やかな笑い声と歌声がそこここで響き、膝の上ではコドラが平和に欠伸をしている。

満天の星空の下、夏の夜風に頬を撫でられて、ダリオはぼんやりと瞬きをした。

「……子供の頃、教会の前の広場で行われている結婚式を見たことがあります」

まだアルバートに出会う前のことだ。幸せそうな新郎新婦と、賑やかな宴。温かな湯気を立てる料理を取り囲むその光景に心を奪われた。

いいな、と思った。楽しそうで、賑やかで、腹も一杯になるだろう。あの場に集まった人たちは歌って踊って、そして最後は安心できる家に帰るのだ。

「俺には一生、縁のないものだと思っていました」

だから信じられない。こんなふうにたくさんの人たちから祝われることも。傍らに最愛の伴侶が座っていることも。

夢を見るような気持ちで目の前の光景を眺めていたら、横からアルバートに肩を抱き寄せられた。顔を向ければ、掠めるようにキスをされる。

二人が睦まじくしている姿など最早日常茶飯事なので、隊員たちは軽く口笛を吹いたくらいで囃しもしない。もう一度ダリオの唇にキスをして、俺こそ、とアルバートは笑った。

「君がプロポーズを受けてくれたときから、ずっと夢を見ている気分だ」

左手を取られ、指輪を嵌めたばかりの薬指にもキスをされた。アルバートの左手にも同じ指輪が嵌まっていて、本当に夫婦になったのだと思うと不思議な気分になる。

「……貴方に会うまで、俺は自分の年すら知りませんでした。俺に誕生日をくれた貴方はまるで、神様だった」

アルバートは目元に優しい笑みを浮かべ、ダリオの手を頬に押し当てる。

「俺を悪魔と呼ぶ連中ならいくらでもいるが、神様と言ってくれたのは君が初めてだな。君こそ天使か何かじゃないか？」

声を潜めて笑った後、アルバートは少しだけ表情を改めて言った。

「どうかいつまでも、俺の片翼でいてくれ」

戦場を駆け抜けるアルバートは強い。誰に守られる必要もないほどに。けれど伴侶である自分くらいは、その羽の下に庇護されるのではなく、飛翔を支える片翼でありたい。

「誓います。騎士の名に懸けて」

言い切れば、アルバートが目元をほころばせて笑った。珍しく照れくさそうな、でも心底嬉しそうな表情で。

「おーい！　そろそろ余興が始まるぞ！」

どこかで楽し気な声が上がり、真っ先に反応したコドラがダリオの肩に跳び上がった。星をちりばめた夜空に焔が上がり、周囲が赤く照らされる。

歓声の中、アルバートが飽きもせずキスを仕掛けてくる。ダリオは大人しくそれを待つことなく、自ら身を乗り出してその唇を奪った。

あとがき

白ワインにグレープジュースを混ぜたなんだかよくわからない酒を夜ごと飲んでいる海野です、こんにちは。

近所のスーパーで買ってきた白ワインが思いがけず甘くなかったというか酸っぱかったというか芋の匂いがするというか（なんで？）思ってたのと違ったので、たまたま冷蔵庫に入っていたグレープジュースを混ぜてみたところ甘口の赤ワインみたいになったので美味しくいただいています。酒の飲み方にこだわりはない方です。

今回はドラゴンが出てくる架空の世界が舞台なのですが、雰囲気は中世ヨーロッパ風なので出てくるお酒はワインばかりです。そのせいか書いている私までワインの気分になり、執筆中は珍しく冷蔵庫にワインが入ってました。途中で魔改造してしまいましたが、ワインに果物のジュースを入れるとサングリアみたいになって美味しいですよね。今回は米に餅を入れるようなことをしてしまいましたが、オレンジジュースとかリンゴジュースで割っても美味しそうです。

ところで今回は普段の三割増し（当社比）で主役二人にいちゃついてもらったのですが、いかがだったでしょうか。プロットの段階ではドラゴンがおらず、徹頭徹尾いちゃこらしているだけの話だったんだから恐ろしいですね。せめて喧嘩のひとつでもさせてみる？　と喧嘩っぽいシーンも入れたもののスピード解決で仲直りなので、本当にこの人たちずっとイチャイチャしてたなと思います。フルスイングでやり切った気分です。

そんなバカップルたちのイラストを担当してくださった古藤嗣己様、ありがとうございます！　褐色受を書くのは初めてだったのですが、いやぁ、素晴らしいですね！　早々にまた褐色受を書きたくなるくらい私の性癖を刺激してくるビジュアルでした。攻のアルバートも正統派金髪イケメンでもう思い残すことはありません。眼福です！

そして末尾になりますが、この本を手に取ってくださった読者の皆様、本当にありがとうございます。騎士たちの甘い新婚生活を少しでも楽しんでいただけましたら幸いです。

それではまた、どこかでお目にかかれることを祈って。

海野　幸

海野幸先生、古藤嗣己先生へのお便り、
本作品に関するご意見、ご感想などは
〒101-8405
東京都千代田区神田三崎町2-18-11
二見書房　シャレード文庫
「最強の夫婦騎士物語」係まで。

本作品は書き下ろしです

最強の夫婦騎士物語

【著者】海野幸

【発行所】株式会社二見書房
東京都千代田区神田三崎町2-18-11
電話　03(3515)2311［営業］
　　　03(3515)2314［編集］
振替　00170-4-2639
【印刷】株式会社 堀内印刷所
【製本】株式会社 村上製本所

落丁・乱丁本はお取り替えいたします。
定価は、カバーに表示してあります。

ISBN978-4-576-20040-8

https://charade.futami.co.jp/